AF561493

LE PREMIER TEXTE

DES LETTRES DE

MME DE SÉVIGNÉ

CABINET DU BIBLIOPHILE

Nº XXVI

TIRAGE.

320	exemplaires	sur papier vergé (nos 31 à 350).
15	»	sur papier de Chine (nos 1 à 15).
15	»	sur papier Whatman (nos 16 à 30).

350 exemplaires, numérotés.

N°

LE PREMIER TEXTE

DES LETTRES DE

Mme DE SÉVIGNÉ

RÉIMPRESSION DE L'ÉDITION DE 1725

PUBLIÉE PAR

LE Mis DE QUEUX DE SAINT-HILAIRE

PARIS

LIBRAIRIE DES BIBLIOPHILES

Rue Saint-Honoré, 338

MDCCCLXXX

PRÉFACE

La plus récente édition des *Lettres de Mme de Sévigné,* celle qui se trouve dans la collection des *Grands Écrivains de la France* publiée sous la direction de M. Adolphe Régnier pour la maison Hachette, se compose de 12 volumes in-8o, comprenant 1513 lettres, sans compter les deux volumes du lexique. A ces 12 volumes sont venus s'ajouter depuis les 2 volumes des Lettres récemment découvertes par M. Capmas dans des manuscrits trouvés à Dijon. Or, si l'on s'en rapporte au récit curieux et instructif que M. Capmas a fait de cette découverte, dédaignée d'abord par lui, on apprend que nous ne possédons que la moitié des manuscrits qu'il a vus, touchés, maniés, mais qu'il a acquis malheureusement trop tard, alors que, de même que pour les livres sibyllins, la moitié en avait disparu. Il faut espérer que cette moitié n'est pas absolument perdue et se retrouvera quelque jour, bien que l'on soit en droit de s'étonner au moins de ce que le bruit qu'a fait la trouvaille de M. Capmas ne l'ait point encore fait sortir de l'obscurité où elle reste cachée. Quoi qu'il en soit, l'édition la plus complète que nous possédions aujourd'hui des *Lettres de Mme de Sévigné* comprend 14 volumes in-8°, auxquels il faut ajouter, en espérance, au moins 2 volumes encore, total 16, sans compter ce que les hasards heureux des recherches des amateurs d'autographes et de manuscrits peuvent nous ménager d'agréables surprises, notamment la fameuse Lettre du *cheval*, que Mme de Thianges faisait demander, en 1673, à Mme de Coulanges, en même temps que la Lettre de la *prairie* qui, plus heureusement pour nous, nous est parvenue[1].

---

1. « Je ne veux pas oublier ce qui m'est arrivé ce matin, écrivait Mme de Coulanges à Mme de Sévigné en 1673 : on m'a dit, Madame, voilà un laquais de Mme de Thianges. J'ai ordonné qu'on le fist entrer. Voici ce qu'il avoit à me dire : « *Madame, c'est de la part de Mme de Thianges, qui vous prie de lui envoyer la lettre du cheval de Mme de Sévigné et celle de la prairie.* J'ai dit au laquais que je les porterois à sa maî-

Or il nous a paru assez curieux de rechercher quelle avait été l'origine de cette volumineuse publication, la première édition, *le premier texte*, pour parler comme le titre de plusieurs publications du *Cabinet du Bibliophile*.

Nous connaissions le recueil qui a passé longtemps pour être l'édition originale, et qui a paru à La Haye, en 1726, en 2 volumes in-12. Ce recueil avait été publié par les soins de l'abbé de Bussy, évêque de Luçon, fils cadet du comte de Bussy, auquel Mme de Simiane avait remis les copies ou les originaux d'un grand nombre de manuscrits de son illustre grand'mère. Mais nous savions bien aussi que ce recueil, qui comprend en tout 138 Lettres (Tome Ier, 74 Lettres à Mme de Grignan, précédées de 4 Lettres à Emmanuel de Coulanges; — Tome II, 60 Lettres à Mme de Grignan), n'était pas véritablement la première édition de cette correspondance. Cette première édition, fort peu connue du reste, nous l'avons trouvée à la bibliothèque de l'Arsenal, si riche en curiosités de toutes sortes, particulièrement en livres aujourd'hui pres-

---

tresse, et je m'en suis défaite. Vos lettres font tout le bruit qu'elles méritent, comme vous voyez. »

. La lettre de la *prairie*, adressée à Mme de Coulanges, est du 22 juillet 1671.

que introuvables ailleurs, qui furent imprimés au commencement du XVIIIe siècle. C'est un petit volume qui vient de la Bibliothèque La Vallière, et qui était marqué au Catalogue de Nyon du numéro 23,376. Il porte la date de 1725, c'est-à-dire qu'il fut publié un an avant l'édition de La Haye, et forme une plaquette de 75 pages. C'est là l'œuf, pour ainsi dire, d'où sont sortis les 16 volumes dont nous parlions plus haut. Une note inscrite sur le feuillet de garde constate l'extrême rareté de cet opuscule, « *On ne connaît que deux exemplaires de cette édition* (27 août 1864). » D'un autre côté, une Note manuscrite de M. de Monmerqué, datée du milieu de 1847, nous apprend que M. Harmand, bibliothécaire de la ville de Troyes, possédait depuis quinze ans, à cette époque, un autre exemplaire qu'il avait trouvé à Paris chez un bouquiniste, et qu'à cet exemplaire était jointe une note manuscrite contemporaine, de M. Huez, lieutenant particulier du bailliage de Troyes, faisant connaître que ce recueil sortait des presses de Jacques Le Fèvre, imprimeur à Troyes. (Voyez *les Recherches* de M. Corrard de Bréban *sur l'établissement et l'exercice de l'Imprimerie à Troyes*, 2e édition, p. 29-31.)

A ces deux exemplaires, connus en 1864, il faut en ajouter au moins un autre récemment découvert dans un volume composé de plusieurs pièces différentes, ce qui porterait à trois le nombre des exemplaires connus. C'est peu assurément, et c'est assez pour justifier le soin que nous avons pris de réimprimer cet opuscule dans la curieuse collection du *Cabinet du Bibliophile,* pour faire suite aux premiers textes de La Rochefoucauld et de La Bruyère.

Le nombre restreint des exemplaires qui sont arrivés jusqu'à nous explique aisément l'ignorance dans laquelle ont été presque tous les éditeurs de Mme de Sévigné de l'existence de cette première édition. Ce n'est pas à dire qu'ils y eussent trouvé beaucoup de renseignements nouveaux ou inédits. Cependant M. de Monmerqué, à qui elle n'avait pas pu échapper, signale, dans ses notes, trois ou quatre passages qui se trouvent seulement dans cette édition de 1725.

— Ce précieux petit volume, qui comprend trente et une Lettres ou fragments, dont quelques-uns ont été détachés à tort les uns des autres et devraient être réunis, n'a ni avertissement ni préface. On serait tenté de croire, en voyant combien il est devenu rare, que l'impression a été arrêtée tout à coup, que les feuilles tirées ont été saisies et détruites et qu'on n'en a sauvé qu'un très petit nombre d'exemplaires. Mais une note de

Perrin, ajoutée en 1754 à la préface de son édition de 1724, paraît s'opposer à cette conjecture, car cette note semble s'appliquer à cette édition de 1725, bien que le nombre des Lettres soit inexactement indiqué. Après avoir mentionné les éditions de Rouen et de La Haye, Perrin ajoute : « On ne dit rien d'une brochure imprimée à Troyes, qui contenait un choix d'environ cinquante Lettres de Mme de Sévigné, et qui parut peu de temps avant que les éditions de Rouen et de La Haye fussent connues. » Si l'on en croyait une accusation de La Beaumelle[1], il faudrait imputer soit à une négligence, soit à un abus de confiance de Voltaire, une impression des *Lettres de Mme de Sévigné* faite à Troyes. Cette accusation une fois admise, il ne faut pas oublier combien La Beaumelle est suspect, toutes les fois qu'il s'agit de Voltaire ; il resterait de plus à savoir de quelle édition il s'agit, de celle de 1725 ou de l'une des éditions sans nom de lieu de 1726[2] ? —

Tout ou presque tout a été dit sur Mme de Sévigné, après les amoureuses recherches de M. de Monmerqué, qui a consacré en quelque

---

1. *Réponse au Supplément du Siècle de Louis XIV.* Colmar, 1754, in-8, p. 122.

2. Note sur l'édition de 1725 tirée de la Notice bibliographique des *Œuvres de Mme de Sévigné*, t. XI, p. 434-435.

sorte toute sa vie à la gloire de la spirituelle et gracieuse marquise, recherches auxquelles il faut ajouter celles de MM. Walckenaër, Aubenas, Adolphe Régnier, Paul Mesnard et, en dernier lieu, M. Capmas. Cependant un examen plus attentif de cette petite plaquette eût pu donner lieu à quelques remarques intéressantes.

Outre les passages qui ne se trouvent que dans cette édition, n'est-il pas curieux, par exemple, de voir un *Recueil de lettres choisies de Mme de Sévigné à Mme de Grignan sa fille,* comme porte le titre même que nous avons fait reproduire, afin d'en pouvoir donner le fac-similé, commencer par un billet assez insignifiant de Mme de Grignan à M. de Grignan? Cela n'a pas dû être fait sans quelque intention dont le sens nous échappe aujourd'hui. Presque toutes les lettres de Mme de Sévigné sont tronquées, cela va sans dire, et on n'en donne que les passages les plus saillants. Une autre question, qui se pose aussi tout naturellement, est celle-ci : Quelle est la personne qui a donné cette première édition? Est-ce Voltaire? Est-ce l'abbé de Bussy, l'éditeur du second recueil? Au premier abord, la seconde hypothèse semble la plus probable; mais comment expliquer en ce cas certaine note de la page 21 de l'édition de 1725, page 20 de la nôtre, qui donne au fils de Mme de Sévigné le nom d'*abbé de Grignan*, pour expliquer ses amours avec la Champmeslé? Ne pouvant pas donner d'explication satisfaisante à ces différents points d'interrogation, nous préférons nous abstenir de conjectures que le lecteur pourra faire lui-même, aujourd'hui qu'il lui sera facile d'avoir ce premier texte entre les mains. Nous avons cherché seulement à en montrer toute la curiosité et tout l'intérêt.

C'est bien, en effet, une curiosité littéraire, et pas autre chose, que cette plaquette que nous réimprimons et que nous offrons aux bibliophiles et aux amoureux de Mme de Sévigné. Pour lui conserver même toute sa saveur, nous avons obtenu de l'intelligent éditeur, M. Jouaust, qu'il fît, pour ce volume, exception à la règle qu'il s'était imposée dans la publication des premiers textes qu'il a déjà donnés au public. Dans les volumes précédents, si l'orthographe était le plus souvent conservée, même dans ses formes les plus archaïques, il n'en était pas de même de la ponctuation que l'éditeur rétablissait selon les règles actuelles, pour la plus grande commodité du lecteur. Dans cette édition, au contraire, quoique sans arrière-pensée aucune de donner un fac-simile et une reproduction servile de la plaquette que nous avons sous les yeux, nous avons tenu à conserver absolument l'orthographe et la ponctuation originales, nous bornant simplement à corriger quelques fautes d'impression trop grossières pour être conservées. Nous avons eu pour nous décider à cela une raison majeure. En lisant couramment cette édition des Lettres de Mme de Sévigné, nous avons été frappé d'un certain tour leste, vif et piquant, que nous n'avons plus retrouvé quand, sur les premières épreuves, la ponctuation de la Marquise eut été changée et corrigée pour la plus grande gloire de la syntaxe. Ces lettres, écrites évidemment au courant de la plume, ont, si l'on peut ainsi parler, la ponctuation qui leur convient, et qui suit toujours le sens plutôt que la construction grammaticale de la phrase. — D'un autre côté, cette édition étant, de toutes, la première, et l'éditeur en étant inconnu, il nous a semblé, ne disons pas probable mais possible, qu'elle ait été faite soit sur les originaux eux-mêmes, soit sur une copie soigneusement collationnée des lettres autographes qui devaient, à cette époque, être moins rares qu'elles ne le sont aujourd'hui. Nous avions donc une chance peut-être unique de retrouver la ponctuation même de Mme de Sévigné, si sommaire qu'elle fût, et nous n'avons pas voulu la laisser échapper. En tous cas, cette ponctuation, si bizarre qu'elle puisse paraître au premier abord, n'est nullement un embarras pour le lecteur, car elle est absolument logique, si elle n'est pas toujours grammaticale. Le point marque la fin de la phrase, et l'absence de virgule, ou la virgule même, quand elle s'y trouve, n'en arrête nullement le cours. C'est une curiosité de plus que nous avons voulu conserver, laissant à nos lecteurs le soin de décider si nous avons eu en cela tort ou raison.

Château de Saint-Hilaire, août 1880.

LETTRES CHOISIES

DE MADAME

DE SÉVIGNÉ

A MADAME DE GRIGNAN

LETTRES
CHOISIES
DE MADAME LA MARQUISE
DE SEVIGNE'
A MADAME
DE GRIGNAN
SA FILLE.

Qui contiennent beaucoup de particularitez de l'Histoire de Louis XIV.

M. DCC. XXV.

LETTRES

CHOISIES

de Madame la Marquise de Sévigné à Madame de Grignan sa fille, qui contiennent beaucoup de particularitez de l'histoire de Loüis XIV.

Lettre de Madame de Grignan à M. de Grignan. 1670.

Si ma bonne santé peut vous consoler de n'avoir qu'une fille, je ne vous demanderai point pardon de ne vous avoir pas donné un fils ; je suis hors de tout péril, et ne songe qu'à vous aller trouver. Ma mere vous dira le reste.

Lettre de Madame de Sévigné à Madame de Grignan. Vendredi 13. *Mars* 1671.

Me voici à la joye de mon cœur toute seule dans ma chambre à vous écrire paisiblement; rien ne m'est si agréable que cet état. J'ai dîné aujourd'hui chez Madame de Lavardin après avoir été en Bourdaloüe, où étoient les Meres de l'Eglise; c'est ainsi que j'appelle les Princesses de Conty et de Longueville. Tout ce qui étoit au monde étoit à ce Sermon, et ce Sermon étoit digne de tout ce qui l'écoutoit. J'ai songé vingt fois à vous, et vous ai souhaité autant de fois auprès de moi. Vous auriez été ravie de l'entendre, et moi encore plus ravie de vous le voir entendre. M. de la Rochefoucault a reçû très plaisamment chez Madame de Lavardin le compliment que vous lui faites. On a fort parlé de vous. M. d'Ambre y étoit avec sa Cousine de Brissac; il a paru s'interesser beaucoup à votre prétendu naufrage. On a parlé de votre hardiesse. M. de la R. F. a dit que vous aviez voulu paroître brave dans l'espérance que quelque charitable personne vous en empêcheroit, et que n'en ayant point trouvé, vous aviez dû être dans le même embaras que Scaramouche. Nous avons été voir à la Foire une grande diablesse de femme plus grande que Riberpré de toute la tête, elle accoucha l'autre jour de deux gros enfans qui vinrent de front les bras aux côtez, c'est une grande femme tout à fait. J'ai été faire des complimens pour vous à l'Hôtel de Rambouïllet, on vous en rend mille. Madame de Montausier est au désespoir de ne vous pouvoir voir. J'ai été chez Madame du Puy du Fou. J'ai été pour la troisiéme fois chez Madame de Maillanes. Je me fais rire moi-même observant le plaisir que j'ai de faire toutes ces choses. Au reste, si vous croyez les filles de la Reine enragées, vous croirez bien, il y a huit jours, que Madame du Lude, Coetlogon, et la petite de Rouvroy, furent morduës d'une petite chienne apartenant à Teobon : cette petite chienne est morte enragée, de sorte que du Lude, Coetlogon, et Rouvroy sont parties ce matin pour aller à Diépe, et se faire jetter trois fois dans la mer, ce voyage est triste; Benserade en étoit au désespoir. Teobon n'a pas voulu y aller quoiqu'elle ait été mordillée; la Reine ne veut pas qu'elle la serve, qu'on ne sache ce qui arrivera de toute cette avanture. Ne trouvez-vous point, ma bonne, que du Lude ressemble à Andromede, pour moi je la vois attachée au rocher, et Treville sur un Cheval ailé qui tuë le monstre. *Ah! Sesu! matame te Grignan, l'étranse sose t'être settée toute nuë tant la mer*. En voici une à mon sens encore plus étrange, c'est de coucher demain avec M. de Vantadour, comme fera Mademoiselle d'Houdancourt, je craindrois plus ce monstre que celui d'Andromede, *Contrà il qual non vale l'elmo, ne scudo*. Voilà bien des lanternes, et je ne sçai rien de vous; vous croyez que je devine ce que vous faites, mais j'y prends trop d'intérêt et à votre santé et à l'état de votre esprit pour n'en sçavoir que ce que j'en imagine. Les moindres circonstances sont chéres de ceux qu'on aime parfaitement autant qu'elles sont ennuieuses des autres; nous l'avons dit mille fois et cela est vrai. La Veauvineux vous fait cent complimens, sa fille a été bien malade. Mademoiselle d'Arpajou l'a été aussi, nommez-moi tout cela à votre loisir avec Madame de Verneüil. Voilà une lettre de M. de Condom qu'il m'a envoyée avec un billet fort joli; votre frere entre sous les loix de Ninon, je doute qu'elles lui soient bonnes; il y a des esprits à qui elles ne valent rien, elle avoit gâté son pere, il faut le recommander à Dieu; quand on est chrêtienne ou du moins qu'on le veut être, on ne peut voir ces déréglemens sans chagrin. Ah Bourdalouë, quelles divines vérités nous avez vous dites aujourd'hui sur la mort! Madame de la Fayette y étoit pour la premiere fois de sa vie, elle étoit transportée d'admiration, elle est ravie de votre souvenir et vous embrasse de tout son cœur; je lui ai donné une belle copie de votre portrait, il pare sa chambre, où vous n'êtes jamais oubliée. Si vous êtes encore de l'humeur que vous étiez à sainte Marie, et que vous gardiez mes lettres, voyez si vous n'avez pas reçû celle du 18. Février. A dieu, ma très aimable bonne, vous dirai-je que je vous aime c'est se moquer d'en être encore là; cependant, comme je suis ravie quand vous m'assurez de votre tendresse, je vous assure de la mienne, afin de vous donner de la joie si vous êtes de mon humeur, et ce Grignan, mérite-t'il que je lui dise un mot.

Je crois que M. d'Acqueville vous mande toutes les nouvelles, pour moi je n'en sçais point, je serois toute propre à vous dire que M. le Chancelier a pris un lavement.

Je vis hier une chose chez Mademoiselle qui me fit plaisir. La Gêvres arrive belle, charmante, et de bonne grace. M^de^ d'Arpajou étoit au dessus de moi, je pense qu'elle s'attendoit que je lui dusse offrir ma place. Ma foi je lui devois une incivilité de l'autre jour, je lui payai comptant, et ne balançai pas. Mademoiselle étoit au lit, elle a donc été contrainte de se mettre au dessous de l'estrade, cela est fâcheux. On apporte à boire à Mademoiselle, il faut donner la serviette : je vois Madame de Gêvres qui dégante sa main maigre, je pousse Madame d'Arpajou, elle m'entend et se dégante et d'une très bonne grace avance un pas, coupe la Gêvres et prend et donne la serviette ; la Gêvres en a toute la honte et en demeure fort pénaude, elle étoit montée sur l'estrade, elle avoit ôté ses gands, et tout cela pour voir donner la serviette de plus prés par madame d'Arpajou.

Ma bonne, je suis méchante, cela m'a réjoüi, c'est bien employé. A t'on jamais vû accourir pour ôter à Madame d'Arpajou qui est dans la rüelle, un petit honneur qui lui vient tout naturellement. La Puisieux s'en est épanoüi la rate : Mademoiselle n'osoit lever les yeux, et moi j'avois une mine qui ne valoit rien. Après cela on a dit cent mille biens de vous, et Mademoiselle m'a commandé de vous dire qu'elle étoit fort aise que vous ne fussiez point noyée, et que vous fussiez en bonne santé.

Nous fûmes chez Madame Colbert qui me demanda de vos nouvelles, voilà de terribles bagatelles, mais je ne sçai rien, vous voyez que je ne suis plus devote. Helas! J'aurois bien besoin de matines et de la solitude de Livry, si est-ce que je vous donnerai ces deux livres de la Fontaine, quand vous devriez être en colere, il y a des endroits jolis et d'autres ennuyeux. On ne veut jamais se contenter d'avoir bien fait, et en voulant mieux faire on fait mal.

Vendredi au soir 24. *Avril* 1671.

Je fais donc ici mon paquet, j'avois dessein de vous conter que le Roi arriva hier au soir à Chantilli, il courut un Cerf au clair de la lune; les lanternes firent des merveilles, le feu d'artifice fut un peu éfacé par la clarté de notre amie : mais enfin le soir le souper, le jeu, tout alla à merveille. Le temps qu'il a fait aujourd'hui nous faisoit espérer une suite digne d'un aussi agréable commencement, mais voici ce que j'aprens en entrant ici, dont je ne puis me remettre, et qui fait que je ne sçai plus ce que je vous mande. C'est qu'enfin Vatel, ce grand Vatel, maître d'Hôtel de M. Fouquet, qui l'étoit présentement de M. le Prince, cet homme d'une capacité distinguée, dont la bonne tête étoit capable de contenir tout le soin d'un état, cet homme donc que je connoissois, voyant à huit heures ce matin que la marée n'étoit point arrivée, n'a pû soûtenir l'affront qu'il a vû qui l'alloit accabler, et en un mot il s'est poignardé. Vous pouvez penser l'horrible désordre qu'un si terrible accident a causé dans cette fête. Songez que la marée est peut-être arrivée comme il expiroit. Je n'en sçai point davantage présentement. Je pense que vous trouvez que c'est assez. Je ne doute pas que la confusion n'ait été grande, c'est une chose fâcheuse à une fête de cinquante mille écus.

M. de Ménars épouse Mademoiselle de la Grange Neuville. Je ne sçai comme j'ai le courage de vous parler d'autre chose que de Vatel.

Dimanche 26. *Avril* 1671.

IL est dimanche 26. Avril, cette lettre ne partira que Mécredi; mais ce n'est pas une lettre, c'est une relation que vient de me faire Moreüil, à votre intention de ce qui s'est passé à Chantilli touchant Vatel. Je vous écrivis Vendredi qu'il s'étoit poignardé. Voici l'affaire en détail. Le Roi arriva le Jeudi au soir, cela est faux, cela est faux; la promenade, la colation dans un lieu tapissé de jonquilles, tout cela fut à souhait. On soupa. Il y eut quelques tables où le rôti manqua à cause de plusieurs dinez à quoi l'on ne s'étoit point attendu. Cela saisit Vatel. Il dit plusieurs fois, je suis perdu d'honneur, voici un affront que je ne suporterai pas; il dit à Gourville, la tête me tourne, il y a douze nuits que je n'ai dormi, aidez-moi à donner des ordres. Gourville le soulagea en ce qu'il put. Le rôti qui avoit manqué, non pas à la table du Roi, mais aux vingt-cinquiémes, lui revenoit toûjours à la tête.

Gourville le dit à M. le Prince. M. le Prince alla jusques dans sa chambre, et lui dit, Vatel, tout va bien, rien n'étoit si beau que le souper du Roi. Il lui répondit, Monseigneur, votre bonté m'acheve. Je sçai que le rôt a manqué à deux tables. Point du tout, dit M. le Prince, ne vous fâchez point, tout va bien. La nuit vint, le feu d'artifice ne réussit pas, il fut couvert d'un nuage, il coûtoit seize mille francs. A quatre heures du matin Vatel s'en va par tout, il trouve tout endormi, il rencontre un petit pourvoyeur qui lui aportoit seulement deux charges de marée. Il lui demande, est-ce là tout? Il lui dit, oüi, Monsieur. Il ne sçavoit pas que Vatel avoit envoyé à tous les ports de mer. Il attend quelque tems. Les autres Pourvoyeurs ne vinrent point : la tête s'échaufoit, il crut qu'il nauroit point d'autre marée. Il trouva Gourville, il lui dit, Monsieur, je ne survivrai point à cet afront ici. Gourville se mocqua de lui. Vatel monte à sa chambre, met son épée contre sa porte, et se la passe au travers du cœur, mais ce ne fut qu'au troisiéme coup, car il s'en donna deux qui n'étoient pas mortels; il tomba mort. La marée cependant arrive de tous côtez. On cherche Vatel pour la distribuer, on va à sa chambre, on heurte, on enfonce la porte, on le trouve noyé dans son sang, on court à M. le Prince qui fut au désespoir.

M. le Duc pleura. C'étoit sur Vatel que tournoit tout son voyage de Bourgogne. M. le Prince le dit au Roi fort tristement; on dit que c'étoit à force d'avoir de l'honneur en sa maniere. On loüa, et l'on blâma son courage. Le Roi dit qu'il y avoit cinq ans qu'il retardoit de venir à Chantilli, parce qu'il comprenoit l'excès de cet embaras. Il dit à M. le Prince qu'il ne devoit avoir que deux tables, et ne point se charger de tout; il jura qu'il ne souffriroit plus que M. le Prince en usât ainsi; mais c'étoit trop tard pour le pauvre Vatel. Cependant Gourville tâche de réparer la perte de Vatel. Elle le fut. On dina très bien. On fit colation. On soupa. On se promena. On joüa. On fut à la chasse. Tout étoit parfumé de jonquilles, tout étoit enchanté. Hier, qui étoit Samedi on fit encore de même, et le Roi alla à Liencourt, où il avoit commandé *mediâ noce*. Il y doit demeurer aujourd'hui. Voilà ce que Moreüil m'a dit pour vous mander. Je jette mon bonnet par dessus les moulins, et je ne sçai rien du reste. M. d'Agueville, qui étoit à tout cela, vous fera des relations sans doute; mais, comme son écriture n'est pas si lisible que la mienne, j'écris toûjours. Voilà bien des détails : mais, parce que je les aimerois en pareille occasion, je vous les mande.

Paris, 15. *Décembre* 1671.

IL y a tous les soirs des Bals, des Comedies et des Mascarades à S. Germain. Le Roi a une aplication à divertir Madame..... qu'il n'a jamais eu pour l'autre. Racine a fait une Comedie qui s'apelle Bajaset, et qui enleve la paille. Vraiement, elle ne va pas en *empirando* comme les autres. M. de Talard dit qu'elle est autant au dessus de celles de Corneille, que celles de Corneille sont au dessus de celles de Boyer : voilà ce qui s'apelle bien loüer, il ne faut point tenir les véritez cachées. Nous en jugerons par nos yeux, et par nos oreilles. ***Du bruit de Bajaset mon ame importunée*** fait que je veux aller à la Comedie. J'ai été à Livry. Helas! ma bonne, que je vous ai bien tenu parole, et que j'ai songé tendrement à vous. Il y faisoit très chaud, quoique très froid, mais le Soleil brilloit; tous les arbres étoient parés de perles, et de cristaux. Cette diversité ne déplaît point. Je me promenai fort. Je fus le lendemain diner à Pomponne. Quel moyen de vous redire ce qui fut dit en cinq heures, je ne m'y ennuyai point. M. de Pomponne sera ici dans quatre jours. Ce seroit un grand chagrin pour moi, si jamais j'étois obligée à lui aller parler pour vos affaires de Provence. Tout de bon il ne m'écouteroit pas. Vous voyez que je fais un peu l'entenduë, mais ma foi, ma bonne, rien n'est égal à M. Dusez, c'est ce qui s'apelle les grosses cordes. Je n'ai jamais vû un homme ni d'un meilleur esprit, ni d'un meilleur conseil. Je l'attens pour vous parler de ce qu'il aura fait à S. Germain. Vous me priez de vous écrire doublement de grandes lettres. Je pense, ma bonne, que vous devez en être contente. Je suis quelquefois épouvantée de leur immensité. Ce sont toutes vos flateries qui me donnent cette confiance. Je vous prie, ma bonne, de vous bien conserver dans ce bien-heureux état, et ne passez point d'une extremité à l'autre. De bonne foi prenez du temps pour vous rétablir, et ne tentez point Dieu par vos... Madame de Brissac a une très bonne provision pour son hyver, c'est-à-dire, M. de Longueville et le Comte de Guiche, mais en tout bien et en tout honneur; ce n'est seulement que pour le plaisir d'être adorée. On ne voit plus la Maran chez Madame de la Fayette, ni chez M. de la R. F. Nous ne sçavons ce qu'elle fait, nous en jugeons quelquefois un peu témerairement. Elle avoit eu la fantaisie d'être violée, elle vouloit être violée absolument, vous sçavez ces sortes de folies, pour moi, je croi qu'elle ne la sera jamais. Quelle folie! Mon Dieu, qu'il y a long-tems que je la vois comme vous la voyez présentement. Il ne tient pas à moi que je ne voye Madame de Valavoir. Il est vrai qu'il n'est point besoin de me dire, va-la-voir, c'est assez qu'elle vous aime pour me la faire courir, mais elle court après quelque autre; car j'ai beau la prier de m'attendre, je ne puis parvenir à ce bonheur. C'est à M. le Grand qu'il faudroit donner votre turlupinade; elle est des meilleures. Châtillon nous en donne tous les jours ici des plus méchantes du monde.

A Paris, Mécredi 34. *Décembre* 1671.

Je vous écris un peu de provision, ma bonne, parce que je veux causer avec vous un moment. Après que j'eus fermé mon paquet le jour que j'arrivai, le petit Dubois m'apporta celui que je croyois égaré, vous pouvez penser avec quelle joye je le reçûs. Je n'y pus faire réponse, parce que Madame de la Fayette, Madame de S. Geran, Madame de Villars, me vinrent embrasser. Vous sçavez tous les étonnemens que doit donner un malheur comme celui de M. de Lausun. Toutes vos réflexions sont justes et naturelles. Tous ceux qui ont de l'esprit, les ont faites. Mais on commence à n'y plus penser. Voici un bon païs pour oublier les malheureux. On a sçu qu'il avoit fait son voyage dans un si grand désespoir, qu'on ne le quitoit pas d'un moment; on le voulut faire décendre de Carosse à un endroit dangereux, il répondit, *ces malheurs là ne sont pas faits pour moi.* Il dit qu'il est innocent à l'égard du Roi, mais que son crime est d'avoir des ennemis trop puissans. Le Roi n'a rien dit, et ce silence déclare assez la qualité de son crime. Il crut qu'on le laisseroit à Pierre-encise, et commençoit à Lyon à faire ses complimens à M. d'Artagnan, mais, quand il sçut qu'on le menoit à Pignerol, il soupira, et dit, je suis perdu. On avoit grand grand pitié de sa disgrace dans les villes où il passoit : pour vous dire le vrai, elle est extréme. Le Roi envoya querir le lendemain M. de Marsillac, et lui dit, je vous donne le Gouvernement de Berri, qu'avoit Lausun. Marsillac répondit, Sire, que Votre Majesté qui sçait mieux les régles de l'honneur que personne du monde, se souvienne, s'il lui plaît, que je n'étois pas ami de M. de Lausun; qu'elle ait la bonté de se mettre un moment à ma place, et qu'elle juge si je dois accepter la grace qu'elle me fait. Vous êtes, dit le Roi, trop scrupuleux, M. le Prince, j'en sçai autant qu'un autre là dessus, mais vous n'en devez faire aucune difficulté. Sire, puisque Votre Majesté l'approuve, je me jette à ses pieds pour la remercier. Mais, dit le Roi, je vous ai donné une pension de douze mille francs en attendant que vous ayez quelque chose de mieux. Oüi, Sire, je la remets entre vos mains; et moi, dit le Roi, je vous la redonne encore une fois, et je m'en vais vous faire honneur de vos beaux sentimens. En disant cela, il se tourna vers les Ministres, leur conta les scrupules de M. de Marsillac, et dit: J'admire la difference; jamais Lausun n'avoit daigné me remercier du Gouvernement de Berry, et n'en avoit pas pris les provisions, et voilà un homme comblé de reconnoissance. Tout ceci est extrémement vrai. M. de la R. F. me le vient de conter. J'ai cru que vous ne haïriez pas ces détails; si je me trompois, ma bonne, mandez-le moi. Le pauvre homme est très mal de sa goute, et bien pis que les autres années. Il m'a bien parlé de vous, il vous aime toûjours comme sa fille. Le Prince de Marsillac m'est venu voir, et l'on me parle toûjours de ma chere enfant. J'ai enfin pris courage. J'ai causé deux heures avec M. de Coulanges. Je ne puis le quitter, c'est un grand bonheur que le hazard m'ait fait loger chez lui. Je ne sçai si vous aurez sçu que Villarceaux parlant au Roi d'une Charge pour son fils, prit habilement l'occasion de lui dire qu'il y avoit des gens qui se mêloient de dire à sa nièce, que Sa Majesté avoit quelque dessein pour elle; que si cela étoit, il le supplioit de se servir de lui; que l'affaire seroit mieux entre ses mains que dans celles des autres; qu'il s'y emploiroit avec succès. Le Roi se mit à rire, et dit : Villarceau, nous sommes trop vieux vous et moi pour attaquer des Demoiselles de quinze ans, et comme un galand homme, se mocqua de lui, et conta ce discours chez les Dames. Les Anges sont enragés, et ne veulent plus voir leur oncle, qui de son côté est un peu honteux. Il n'y a nul chiffre à tout ceci; mais je trouve que le Roi fait par tout un si bon personnage qu'il n'est nul besoin de tant de mystere. On a trouvé, dit-on, mille belles merveilles dans les cassetes de M. de Lausun, des portraits sans compte et sans nombre, dix nuditez, une sans tête, une autre les yeux crevés, c'est votre voisine, des cheveux grands et petits, des étiquetes pour éviter la confusion; à un, *Grison d'une telle;* à l'autre, *Mouton de la mere;* à l'autre, *Blondin pris en bon lieu:* ainsi mille gentillesses; mais je n'en voudrois pas jurer, car vous sçavez comme on invente dans ces occasions.

A Paris, ce 6. Janvier 1672.

Le Roi donna hier 4. Janvier, audience à l'Ambassadeur de Hollande. Il voulut que M. le Prince, M. de Turenne, M. de Boüillon, M. de Crequi, fussent témoins de ce qui se passeroit. L'Ambassadeur présenta sa lettre au Roi qui ne la lut pas, quoique le Hollandois proposât d'en faire la lecture. Le Roi lui dit qu'il sçavoit ce qu'il y avoit dans la lettre, et qu'il en avoit une copie dans sa poche. L'Ambassadeur s'étendit fort au long sur les justifications qui étoient dans sa lettre, et que Messieurs les États s'étoient examinés scrupuleusement pour voir ce qu'ils avoient pû faire qui déplût à Sa Majesté; qu'ils n'avoient jamais manqué de respect, et que cependant ils entendoient dire que tout ce grand armement n'étoit fait que pour fondre sur eux; qu'ils étoient prêts de satisfaire Sa Majesté dans tout ce qu'il plairoit ordonner, et qu'ils le supplioient de se souvenir des bontez que les Rois ses Prédecesseurs avoient euës pour eux, ausquels ils devoient toute leur grandeur. Le Roi prit la parole, et avec une majesté et une grace merveilleuse, dit qu'il sçavoit qu'on excitoit ses ennemis contre lui, qu'il avoit cru qu'il étoit de sa prudence de ne pas se laisser surprendre, et que c'est ce qui l'avoit obligé à se rendre si puissant sur la mer et sur la terre, afin qu'il fût en etat de se défendre; qu'il lui restoit encore quelques ordres à donner, et qu'au Printems il feroit ce qu'il trouveroit le plus avantageux pour sa gloire, et pour le bien de son État; et fit un signe de tête à l'Ambassadeur, qui lui fit comprendre qu'il ne vouloit pas de réplique. La lettre s'est trouvée conforme au discours de l'Ambassadeur, hormi qu'elle finissoit par assûrer Sa Majesté qu'ils feroient tout ce qu'elle ordonneroit, pourvû qu'il ne leur en coûtât point de se broüiller avec leurs Alliez.

Le même jour M. de la Feüillade fut reçû à la tête du Régiment des Gardes, et préta le serment entre les mains d'un Marêchal de France, comme c'est la coutume; et le Roi étoit présent, qui dit lui-même au Régiment, qu'il lui donnoit M. de la Feüillade pour Mestre de Camp, et lui mit la pique à la main, chose qui ne se fait jamais que par le Commissaire de la part du Roi; mais Sa Majesté a voulu que nulle faveur, ni nul agréément, ne manquât à cette cérémonie.

M. d'Angeau et d'Anglée ont eu de grosses paroles à la ruë des Jacobins, sur un payement de l'argent du jeu. D'Angeau menaça. D'Anglée repoussa l'injure par lui dire qu'il ne se souvenoit pas qu'il étoit d'Angeau, et qu'il n'étoit pas sur le pied dans le monde d'un homme redoutable. On les accommoda. Ils ont tous deux tort, et les reproches furent violens et peu agréables pour l'un et pour l'autre. L'Anglée est fier et familier au possible. Il joüoit cet été avec le Comte de Grammont; en joüant au Berlan, le comte lui dit sur quelque maniere un peu libre, M. de L'Anglée, gardez ces familiaritez-là pour quand vous jouërez avec le Roi.

Le Marêchal de Bellefont a demandé permission au Roi de vendre sa charge; jamais personne ne la fera si bien que lui. Tout le monde croit, et moi plus que les autres, que c'est pour payer ses dettes, pour se retirer et songer uniquement à l'affaire de son salut. M. le Procureur Géneral de la Cour des Aides est premier Président de la même Compagnie. Ce changement est grand pour lui; ne manquez pas de lui écrire. Le Président Nicolaï est remis dans sa charge. Voilà donc ce qui s'appelle les nouvelles.

Paris, Vendredi au soir 15. *Janvier* 1672.

Je vous ai écrit ce matin, ma bonne, par le Courier qui vous porte toutes les douceurs, et tous les agréémens du monde pour vos affaires de Provence; mais je veux vous écrire encore ce soir, afin qu'il ne soit pas dit que la poste arrive sans vous apporter de mes lettres. Tout de bon, ma chere fille, je croi que vous les aimez, vous me le dites; pourquoi voudriez-vous me tromper, en vous trompant vous-même? Mais, si par hazard cela n'étoit pas, vous seriez à plaindre de l'accablement où je vous mettrois par l'abondance des miennes; les vôtres font ma félicité. Je ne vous ai point répondu sur votre belle ame; c'est Langlade qui dit *la belle ame* pour badiner;

mais de bonne foi vous l'avez trop belle. Ce n'est peut-être pas de ces ames du premier ordre, comme *chose*, ce Romain qui retourna chez les Cartaginois pour tenir sa parole, où il fut pis que martyrisé; mais au dessous, ma bonne, vous pouvez vous vanter d'être du premier rang. Je vous trouve si parfaite et dans une si grande réputation, que je ne sçai que vous dire sinon de vous admirer, et de vous prier de soutenir toûjours votre raison par votre courage, et votre courage par votre raison; et de prendre du Chocolat, afin que les plus méchantes compagnies vous paroissent bonnes. La comédie de Racine m'a paru belle, nous y avons été. Ma belle-fille la Chammelai * m'a paru la plus miraculeusement bonne Comedienne que j'aye jamais vûe. Elle surpasse la Desœillets de cent mille piques; et moi qu'on croit assez bonne pour le Théatre, je ne suis pas digne d'allumer les chandelles, quand elle paroît. Elle est laide de près, mais, quand elle dit

* L'Abbé de Grignan entretenoit alors la Chammelai.

des vers, elle est admirable. Bajazet est beau; j'y trouve quelque embaras sur la fin; mais il y a bien de la passion, et de la passion moins folle que celle de Berenice. Je trouve pourtant à mon petit sens qu'elle ne surpasse pas Andromaque; et pour les belles Comedies de Corneille, elles sont autant au dessus, que votre idée au dessous de..... Appliquez et ressouvenez-vous de cette folie, et croyez que jamais rien n'approchera des divins endroits de Corneille. Il nous lut l'autre jour une Comedie chez M. de la Rochefoucault, qui fait souvenir de sa défunte Reine.

Paris, 5. Février 1672.

Il y a aujourd'hui mille ans que je suis née. Je suis ravie, ma chere fille, que vous aimiez mes lettres : je ne croi pas pourtant qu'elles soient si agréables que vous le dites, mais il est vrai que pour froides elles ne le sont pas. Notre bon Cardinal de Rets est dans la solitude, son départ m'a donné de la tristesse, mais croyez, ma très chere, que rien ne peut être comparé aux douleurs de votre départ. Je vous envoye quatre rames de papier, vous sçavez à quelle condition; j'espere en revoir la plus grande partie entre ici et Pâques, après cela j'aspirerai à d'autres plaisirs. J'oubliai avant hier à vous mander que j'avois rencontré Canaples à Notre-Dame, qui me dit après mille amitiez pour M. de Grignan, que le Marêchal de Villeroi lui avoit dit que les lettres de M. de Grignan étoient admirées dans le Conseil, qu'on les lisoit avec plaisir, et que le Roi avoit dit qu'il n'en a jamais vû de mieux écrites. Je lui promis de vous le mander.

Madame la Princesse de Conty mourut à huit heures, après que j'eus fermé mon paquet le dernier ordinaire, sans aucune connoissance. La désolation qui fut dans sa chambre en ce dernier moment, ne se peut exprimer. M. le Duc, Messieurs les

Princes de Conti, Madame de Longueville, Madame de Gamache, pleuroient de tout leur cœur. La Guenegaut avoit pris le parti des évanoüissemens; la Brissac les hauts cris, et de se jetter par la place, il fallut la chasser, parce qu'on ne sçavoit ce qu'on faisoit. Ces deux personnes n'ont pas réussi. Qui prouve trop ne prouve rien, dit je ne sçai qui. Enfin la douleur est universelle. Le Roi en a paru touché, et a fait son panégyrique, qu'elle étoit plus considérable par sa vertu, que par la grandeur de sa fortune. Elle laisse l'éducation de ses enfans à Mademoiselle de Longueville : ainsi voilà le Diable pris pour dupe, s'il croyoit reprendre ces deux petits Princes. Les voilà retournés en bonne main. M. le Prince est tuteur. Il y a vingt mille écus aux pauvres, autant à ses domestiques. Elle veut être enterrée à la Paroisse tout simplement, comme la moindre femme. Je ne sçai si ce détail est à propos. Tant y a, ma bonne, le voilà. Vous voulez que mes lettres soient longues, voilà le hazard que vous courez. Je vis hier sur son lit cette sainte Princesse. Elle étoit défigurée par les martyres qu'on lui a faits à la bouche. On lui avoit rompu deux dens et brulé la tête, c'est-à-dire que, si on ne mouroit point de l'apoplexie, on seroit à plaindre dans l'état où l'on met les pauvres patiens. Il y a de belles réflexions à faire sur cette mort cruelle pour tout autre, mais très heureuse pour elle qui ne l'a point sentie, et qui étoit toûjours préparée. Adieu, ma bonne, je vous baise avec la dernière tendresse. Il me semble que la vie ne m'est pas plus nécessaire, ni plus chere que votre amitié. J'embrasse la politique Grignan. M. de la R. F. vous mande qu'il y a une souris blanche qui est aussi belle que vous, c'est la plus jolie bête du monde, elle est dans une cage. Voilà Madame de Coulanges qui veut que je vous dise et ceci et cela et de l'amitié; mais je ne suis pas à ses gages.

Paris, 12. *Février* 1672.

Je ne puis, ma bonne, que je ne sois en peine de vous, quand je songe au déplaisir que vous aurez de la mort du Chevalier; vous l'avez vû depuis peu, c'étoit assez pour l'aimer beaucoup, et connoître encore plus les bonnes qualités que Dieu avoit mises en lui. Il est vrai que jamais homme n'a été mieux né, ni en des sentimens plus droits et plus souhaitables, avec une très belle phisionomie et une très grande tendresse pour vous; tout cela le rendoit infiniment aimable et pour vous, et pour tout le monde. Je comprens bien aisément votre douleur, plus je la sens en moi. Cependant, ma bonne, j'entreprens de vous amuser un quart d'heure et par des choses que vous avez intérêt de sçavoir, et par le récit de ce qui se passe dans le monde. J'ai eu une grande conversation avec M. le Camus. Il vous aime et vous honore; il est instruit à la perfection. L'Evêque n'a qu'à s'y frotter. Il entre si parfaitement bien dans vos sentimens, qu'il me donne des conseils, et je sçaurai par lui les manières de l'Evêque. Il est piqué des conduites mal honnêtes; et comme il en a des contraires, il n'a pas de peine à entrer dans nos intérêts, où la droiture et la sincerité sont en usage. C'est dont il ne faut point se départir, quoiqu'il arrive. Cette mode revient toûjours. On ne trompe gueres long-tems le monde; et les fourbes sont enfin découverts. J'en suis persuadée. M. de Pomponne n'est pas moins opposé à ce qui lui y est contraire; et je puis vous assurer que si j'étois aussi habile sur toutes choses, que je le suis pour discourir la dessus, il ne manqueroit rien à ma capacité. Dites-moi quelquefois quelque chose d'agréable pour M. le Camus. Ce sont des faveurs précieuses pour lui, et d'autant plus qu'il n'est obligé à aucune réponse. Le Marquis de Villeroi est donc parti pour Lyon, comme je vous l'ai mandé. Le Roi lui fit dire par le Maréchal de Crequi qu'il s'éloignât. On croit que c'est pour quelques discours chez Madame la Comtesse. *Enfin on parle d'Eaux de Tibre, et l'on se tait du reste.* Le Roi demanda à *Monsieur* qui revenoit de Paris : hé bien, mon frere, que dit-on à Paris ? Monsieur lui dit : on parle fort de ce pauvre Marquis. Et qu'en dit-on ? On dit qu'il a voulu parler pour un autre malheureux. Et quel malheureux ? dit le Roi. Pour le Chevalier de Lorraine, dit Monsieur. Mais, dit le Roi, y songez-vous encore, à ce Chevalier de Lorraine ? Vous en souciez-vous ? Aimeriez-vous bien quelqu'un qui vous le rendroit ? En vérité répondit Monsieur, ce seroit le plus sensible plaisir que je pusse recevoir en ma vie. O bien, dit le Roi, je veux vous faire ce présent. Il y a deux jours que le Courier est parti, il reviendra, je vous le redonne, et veux que vous m'ayez toute votre vie cette obligation, et que vous l'aimiez pour l'amour de moi. Je fais plus, car je le fais Mestre de Camp dans mon Armée. Là dessus Monsieur se jetta aux pieds du Roi, et lui embrassa long-tems les genoux, et lui baisa une main avec une joye sans égale. Le Roi le releva, et lui dit, mon frére, ce n'est pas ainsi que des fréres se doivent embrasser, et l'embrassa fraternellement. Tout ce détail est de très bon lieu, et rien n'est plus vrai. Vous pouvez là dessus faire vos réflexions, tirer vos conséquences et redoubler vos belles passions pour le service du Roi votre Maître. On dit que Madame fera le voyage, et que plusieurs Dames l'accompagneront. Les sentimens sont divers chez Monsieur. Les uns ont le visage alongé d'un demi pied, et d'autres l'ont racourci d'autant. On dit que celui du Chevalier de Beuvron est infini. M. de Noailles revient aussi, et servira de Lieutenant Général dans l'Armée de Monsieur, avec M. de Schomberg. Le Roi dit au Maréchal de Villeroi, il falloit cette petite pénitence à votre fils, mais les peines de ce monde ne sont pas infinies. Vous pouvez vous assurer que tout ceci est vrai; c'est mon aversion que les faux détails, mais j'aime les vrais; si vous n'êtes pas de mon goût, ma bonne, vous êtes perduë, car en voici d'infinis.

Mai 1672.

MA bonne, il faut que je vous conte une radoterie que je ne puis éviter. Je fus hier à un Service de M. le Chancelier Seguier à l'Oratoire. Ce sont les Peintres, les Sculpteurs, les Musiciens et les Orateurs qui en ont fait la dépense, en un mot, les quatre Arts liberaux. C'étoit la plus belle décoration qu'on puisse imaginer. Le Brun avoit fait le dessein. Le mausolée touchoit à la voûte, orné de mille lumieres et de plusieurs figures convenables à celui qu'on vouloit loüer. Quatre Squelettes en bas étoient chargés des marques de sa dignité comme lui ayant ôté les honneurs avec la vie. L'une portoit son Mortier, l'autre sa couronne de Duc, l'autre son Ordre, l'autre ses Masses de Chancelier. Les quatre Arts étoient éplorez et désolez d'avoir perdu leur Protecteur. La Peinture, la Musique, l'Eloquence et la Sculpture. Quatre vertus soûtenoient la première répresentation; la Force, la Justice, la Tempérance et la Religion. Quatre Anges et quatre Genies recevoient au dessus cette belle ame. Le mausolée étoit encore orné de plusieurs Anges qui soutenoient une Chapelle ardente qui tenoit à la voûte. Jamais il ne s'est rien vû de si magnifique, ni de si bien imaginé. C'est le Chef-d'œuvre de le Brun. Toute l'Eglise étoit parée de tableaux, de devises, d'emblêmes qui avoient raport aux Armes ou à la vie du Chancelier. Plusieurs actions principales y étoient peintes. Madame de Vernеüil vouloit acheter toute cette décoration un prix excessif. Ils ont tous en corps résolu d'en parer une galerie et de laisser cette marque de leur reconnoissance et de leur magnificence à l'éternité. L'Assemblée étoit grande et belle, mais sans confusion. J'étois auprès de M. de Tulles, de M. Colbert, et il est venu un jeune Frére de l'Oratoire pour faire l'Oraison Funébre. J'ai dit M. de Tulles de le faire descendre et monter à sa place, et que rien ne pouvoit soutenir la beauté du spectacle et la perfection de la musique, que la force de son éloquence. Ma bonne, ce jeune homme a commencé en tremblant. Tout le monde trembloit aussi. Il a débuté par un accent Provençal. Il est de Marseille. Il s'apelle Lainé. Mais en sortant de son trouble, il est entré dans un chemin lumineux. Il a si bien établi son discours, il a donné au défunt des loüanges si mesurées, il a passé par tous les endroits délicats avec tant d'adresse, il a si bien mis dans son jour tout ce qui pouvoit être admiré, il a fait des traits d'éloquence et des coups de maître si à propos et de si bonne grace, que tout le monde, je dis tout le monde sans exception, s'en est écrié, et chacun étoit charmé d'une action si parfaite et si achevée. C'est un homme de 28. ans, intime ami de M. de Tulles qui s'en va avec lui. Nous le voulions nommer le Chevalier Mascaron, mais je crois qu'il surpassera son ainé. Pour la musique, c'est une chose qu'on ne peut expliquer. Batiste avoit fait un éfort de toute la musique du Roi. Ce beau *Misere* y étoit encore augmenté. Il y eut un

Libera où tous les yeux étoient pleins de larmes. Je ne crois point qu'il y ait une autre musique dans le Ciel. Il y avoit beaucoup de Prélats. J'ai dit à Guillant, cherchons un peu notre ami Marseille. Nous ne l'avons point vû. Je lui ai dit tout bas, Si c'étoit l'Oraison Funèbre de quelqu'un qui fût vivant, il n'y manqueroit pas. Cette folie l'a fait rire sans aucun respect de la Pompe Funébre. Ma bonne, quelle espéce de lettre est-ce ceci, je pense que je suis folle. A quoi peut servir une si grande narration? Vrayement j'ai bien contenté le desir que j'avois de conter.

Paris, 17. *Juin* 1672.

Aussi-tôt que j'ai eu envoyé mon paquet, j'ai apris, ma bonne une triste nouvelle dont je vous dirai pas le détail parce que je ne sçai pas; mais je sçai qu'au passage du l'Issel, sous les ordres de M. le Prince, M. de Longueville a été tué. Cette nouvelle accable. Nous étions chez Madame de la Fayette avec M. de la Rochefoucault, quand on nous l'a aprise, et en même temps la blessure de M. de Marsillac, et la mort du Chevalier de Marsillac qui est mort enfin de sa blessure. Cette grêle est tombée sur lui en ma présence. Il a été très vivement affligé. Ses larmes ont coulé du fond du cœur, et sa fermeté l'a empêché d'éclater. Après ces nouvelles, je ne me suis pas donné la patience de rien demander. J'ai couru chez Madame de Pomponne qui m'a fait souvenir que mon fils est dans l'armée du Roi, laquelle n'a eu nulle part à l'action. Elle étoit réservée à M. le Prince qui a passé trois ou quatre fois la riviere dans un petit bateau tout paisiblement, donnant ses ordres par tout avec cette valeur divine que vous connoîssez, et tout blessé qu'il étoit à la main. On dit Guitry, Nogent, noyez; Messieurs de la Feüillade et Roquelaure blessez, et quantité d'autres qu'on ne sçait pas encore. M. de

Longueville avoit forcé la barriere : il a été le premier tué sur le champ. La blessure de M. de Marsillac est un coup de Mousquet dans l'épaule et dans la machoire qui n'offense pas l'os. Après cette première difficulté on ne trouve plus d'ennemis. Ils sont retirés dans leurs places. Adieu, ma chere enfant, j'ai l'esprit un peu hors de sa place; quoique mon fils soit dans l'armée du Roi, il y aura tant d'occasions que cela fait trembler et mourir.

Paris, 29. *Juin* 1672.

Il m'est impossible de me représenter l'état où vous avez été, ma bonne, sans une extréme émotion; et quoique je sçache que vous en êtes quitte, Dieu merci, je ne puis tourner les yeux sur le passé sans une horreur qui me trouble. Hélas! Que j'étois mal instruite d'une santé qui m'est si chere! Qui m'eût dit ce tems-là, votre fille est plus en danger que si elle étoit à l'armée: hélas! j'étois bien loin de le croire, ma pauvre bonne. Faut-il que je trouve cette tristesse avec tant d'autres qui se trouvent présentement dans mon cœur. Le péril extréme où se trouve mon fils, la guerre qui s'échauffe tous les jours, les couriers qui n'apportent plus que la mort de quelqu'un de nos amis ou de nos connoissances, et qui peuvent apporter pis, la crainte qu'on a des mauvaises nouvelles, et la curiosité qu'on a de les apprendre, la désolation de ceux qui sont outrés de douleur, avec qui je passe une partie de ma vie, avec l'inconcevable état de ma tante, l'envie que j'ai de vous voir, tout cela me déchire et me tuë, et me fait mener une vie si contraire à mon humeur et à mon tempéramment, qu'en vérité il faut que j'aye une bonne santé pour y résister. Vous n'avez jamais vû Paris comme il est. Tout le monde pleure, ou craint de pleurer. L'esprit tourne à la pauvre Madame de Nogent. Madame de Longueville fait fendre le cœur, à ce qu'on dit. Je ne l'ai point vûë, mais voici ce que je sçai. Madame de Vertus étoit retournée depuis deux jours au Port-Royal, où elle est presque toûjours. On est allé la querir avec M. Arnaud pour dire cette terrible nouvelle. Mademoiselle de Vertus n'avoit qu'à se montrer. Ce retour si précipité marquoit bien quelque chose de funeste. En effet dès qu'elle parut, ah! Mademoiselle, comment se porte Monsieur mon frere? Sa pensée n'osa aller plus loin. Madame, il se porte bien de sa blessure. Il y a eu un combat. Et mon fils? On ne lui répondit rien. Ah! Mademoiselle, mon fils, mon cher enfant, répondez-moi, est-il mort sur le champ? N'a-t'il pas eu un seul moment? Ah! mon Dieu, quel sacrifice? Et là-dessus elle tombe sur son lit, et tout ce que la plus vive douleur put faire et par des convulsions, et par des évanoüissemens, et par un silence mortel, et par des cris étouffez, et par des larmes amères, et par des élans vers le Ciel, et par des plaintes tendres et pitoïables, elle a tout éprouvé. Elle voit certaines gens.

Elle prend des boüillons, parce que Dieu le veut. Elle n'a aucun repos. Sa santé, déjà très mauvaise, est visiblement altérée. Pour moi je lui souhaite la mort, ne comprenant pas qu'elle puisse vivre après une telle perte. Il y a un homme * dans le monde qui n'est guéres moins touché. J'ai dans la tête que s'ils s'étoient rencontrés tous deux dans ces premiers momens, et qu'il n'y eût eu que le chat avec eux, je croi que tous les autres sentimens auroient fait place à des cris et à des larmes qu'on auroit redoublé de bon cœur; c'est une vision. Mais enfin, quelle affliction ne montre point notre grosse Marquise d'Uxelles sur le pied de la bonne amitié. Ses maîtresses ne s'en contraignent pas. Toute sa pauvre maison et son Ecuyer qui vint hier, ne paroît pas un homme raisonnable. Cette mort efface les autres. Un courier d'hier au soir apporte la mort du Comte du Plessis, qui faisoit faire un pont. Un coup de canon

* Cet homme étoit M. le duc de la Rochefoucaut, qui avoit aimé long-tems Madame de Longueville, et à qui le jeune Longueville ressembloit infiniment.

l'a emporté. On assiége Arnheim. On n'a pas attaqué le Fort de Keing, parce qu'il y a huit mille hommes dedans. Ah! que ces beaux commencemens seront suivis d'une fin tragique pour bien des gens! Dieu conserve mon pauvre fils. Il n'a pas été de ce passage. S'il y avoit quelque chose de bon à un tel métier, ce seroit d'être attaché à une charge comme il est. Au milieu de nos chagrins la description que vous me faites de madame Dolonne et de sa sœur, est une chose divine. Elle réveille malgré qu'on en ait; c'est une peinture admirable. La Comtesse de Soissons et Madame de Boüillon sont en furie contre ces folles, et disent qu'il les faut enfermer. Elles se déclarent fort contre cette extravagante folie. On ne croit pas aussi que le Roi veüille fâcher M. le Connêtable, qui est assûrément le plus grand Seigneur de Rome. En attendant, nous la verrons arriver comme Madame de l'Etoile. La comparaison est admirable. Voilà des relations; il n'y en a pas de meilleures. Vous verrez dans toutes que M. de Longueville est cause de sa mort et de celle des autres, et que M. le Prince a été pere uniquement dans cette occasion, et point du tout Géneral d'armée. Je disois hier, et l'on m'approuva, que, si la guerre continuë, M. le Duc sera cause de la mort de M. le Prince. Son amour pour lui passe toute autre passion. La Maran est abîmée. Elle dit qu'elle voit bien qu'on lui cache les nouvelles, et qu'avec M. de Longueville, M. le Prince et M. le Duc sont mêlés aussi, et qu'au nom de Dieu on ne l'épargne point; qu'aussibien elle est dans un état qu'il est inutile de la ménager. Si on pouvoit rire, on riroit. Hélas! Si elle sçavoit combien on songe peu à lui cacher quelque chose, et combien chacun est occupé de ses douleurs et de ses craintes, elle ne croiroit pas qu'on eût tant d'application à la tromper. Mon Dieu, ma bonne, j'ai oublié de vous dire que votre M. de Laurens vous apporte un petit paquet que je vous donne, mais c'est de si bon cœur, et il me semble qu'il est si bien choisi, que si vous pensez me venir faire des prônes et des discours et des refus, vous me fâcherez et vous me décontenancerez au dernier point. Les nouvelles que je vous mande sont d'original, c'est de Gourville qui étoit avec Madame de Longueville quand elle a reçû la nouvelle. Tous les couriers viennent droit à lui. M. de Longueville avoit fait son testament avant que de partir. Il laisse une grande partie de son bien à un fils qu'il a, qui à mon avis paroîtra sous le nom de Chevalier d'Orléans. Sçavez-vous où l'on mit le corps de M. de Longueville? Sous le même batteau où il avoit passé tout vivant. Deux heures après M. le Prince le fit mettre près de lui, couvert d'un manteau, dans une douleur sensible. Il étoit blessé aussi, et plusieurs autres; de sorte que le retour est la plus triste chose du monde. Il sont dans une ville au deça du Rhin qu'ils ont passé pour se faire panser. On dit que le Chevalier de Monchevreüil, qui étoit à M. de Longueville, ne veut pas qu'on le panse d'une blessure qu'il a eûë auprès de lui. J'ai reçu une lettre de mon fils. Il n'étoit pas à cette premiere expédition, ma il sera d'une autre. Peut-on trouver quelque sûreté dans un tel métier? Il est sensiblement touché de M. de Longueville. Je vous conseille d'écrire à M. de la R. F. sur la mort de son Chevalier, et sur la blessure de M. de Marsillac. J'ai vû son cœur à découvert dans cette cruelle avanture. Il est au premier rang de ce que j'ai jamais vû de courage, de mérite, de tendresse et de raison. Je compte pour rien son esprit et son agrément. Je ne m'amuserai point aujourd'hui à vous dire combien je vous aime. J'embrasse M. de Grignan et le Coadjuteur, et je suis.

Mécredi, 29. *Novembre* 1673.

IL faut commencer, ma très bonne, par la mort du Comte de Guiche, voilà de quoi il est question présentement. Ce pauvre garçon est mort de maladie et de langueur dans l'armée de

M. de Turenne. La nouvelle en vint mardi matin. Le Pere Bourdaloûë l'a annoncée au Maréchal de Grammont qui s'en douta sçachant l'extrémité de son fils. Il fit sortir tout le monde de sa chambre. Il étoit dans un petit appartement qu'il a au dehors des Capucines. Quand il fut seul avec ce Pere, il se jetta à son col, lui disant qu'il devinoit bien ce qu'il avoit à lui dire, que c'étoit le coup de sa mort, qu'il la recevoit de la main de Dieu; qu'il perdoit le seul et véritable objet de toute sa tendresse et de toute son inclination naturelle; que jamais il n'avoit eu de sensible joye ou de violente douleur que par ce fils qui avoit des choses admirables. Il se jetta sur un lit n'en pouvant plus, mais sans pleurer. Le Pere pleuroit, et n'avoit encore rien dit; enfin il lui parla de Dieu comme vous sçavez qu'il en parle. Ils furent six heures ensemble, et puis le Pere, pour lui faire faire ce sacrifice entier, le mena à l'Eglise de ces bonnes Capucines, où l'on disoit Vigiles pour ce fils. Il y entra en tombant, en tremblant, plûtôt trainé et poussé que sur ses jambes.

Son visage n'étoit plus connoissable. M. le Duc le vit en cet état, et en nous le contant chez M. de la Fayette, il pleuroit. Le pauvre Marêchal revint enfin dans sa petite chambre. Il est comme un homme condamné. Le Roi lui a écrit. Personne ne le voit. Mademoiselle de Monaco est entierement inconsolable, on ne la voit point. La Louvigni l'est aussi, mais c'est par la raison qu'elle n'est point affligée. N'admirez-vous point le bonheur de cette créature? La voilà dans un moment Duchesse de Grammont. La Chancelliere est transportée de joye. La Comtesse de Guiche fait fort bien, et pleure quand on lui conte les honnêtetez et les excuses que son mari lui a faites en mourant, et dit : Il étoit aimable; je l'aurois aimé passionément, s'il m'avoit un peu aimée. J'ai souffert ses mépris avec douleur, sa mort me touche et me fait pitié. J'esperois toûjours qu'il changeroit de sentimens pour moi. Voilà qui est vrai. Il n'y a point là de Comédie. Madame de Verneüil en est véritablement touchée. Je crois qu'en me priant de lui faire vos complimens, vous en serez quitte. Vous n'avez donc qu'à écrire à la Comtesse de Guiche, et à la Monaco et à la Louvigny. Pour le bon d'Acqueville, il a eu le paquet d'aller à Frassé à trente lieuës d'ici, annoncer cette nouvelle à la Marêchale de Grammont, et lui porter une lettre de ce pauvre garçon. Il a fait une grande amende honorable de sa vie passée, s'en est repenti, en a demandé pardon publiquement. Il a fait demander pardon à Vardes, et lui a mandé mille choses qui pourront peut-être lui être bonnes. Enfin il a fort bien fini la Comédie, et laissé une riche et une heureuse veuve. La Chancelliere a été si pénétrée du peu ou du point de satisfaction, dit-elle, qu'elle a euë pendant ce mariage, qu'elle ne va songer qu'à réparer ce malheur; et s'il se rencontroit un Roi d'Ethiopie, elle mettroit jusqu'à son patin pour lui donner sa petite-fille. Nous ne voyons point de mari pour elle. Vous allez nommer comme nous M. de Marsillac, elle & lui ne veulent point l'un de l'autre. Les autres deux sont trop jeunes. M. de Foix est pour Mademoiselle de Roquelaure. Cherchez un peu de votre côté, car cela presse. Voilà un grand détail, ma chere petite, mais vous m'avez dit quelquefois que vous les aimiez.

Décembre 1673

IL y a environ un an que nous soupâmes chez l'Archevêque, ma chere bonne; vous soupez peut-être, à l'heure qu'il est, chez l'Intendant, vous n'y faites pas à mon avis débauche de sincérité. Tout ce que vous mandez sur cela à Corbinely et à moi est admirable. Au reste, ma très chère, je ne corromps personne. La Garde et d'Acqueville sont incorruptibles. C'est la Garde qui m'avoit corrompu pour vous parler de venir toute seule, tant il est persuadé qu'on a besoin de vous deux ou de la moitié de vous deux pour vos affaires : ainsi ne me grondez point. Ecoutez leurs raisons. Conduisez-vous selon vos lumieres, et ne me consultez point. Voilà tout ce que vous aurez de moi, avec une protestation que vous faites tort à la Garde de croire qu'il écoute aucune tendresse quand il vous donne des conseils. Mon ame vous remercie de la bonne opinion que vous avez d'elle, de croire qu'elle ait horreur des vilains procédez de l'Evêque. Vous ne vous êtes point trompée; mais, ma bonne, vous me serrez le cœur, quand vous me faites souvenir de ses deux chambres remplies si differemment. La vôtre m'a donné un souvenir triste de tous ces noms. Je les souffrois avec vous, ma bonne, et vous me dites mille tendresses là-dessus. Mais quand je songe que vous y êtes sans moi, je n'en puis plus; je vous y vois sans cesse, et sans cesse je vois vos pensées : jugez des miennes. Vous seriez surprise, ma bonne, si vous pouviez voir clairement à quel excès et de quelle maniere vous m'êtes chere. Il ne faut point apuyer sur cet endroit. M. Grignan a raison de dire que Mademoiselle de Tiange ne met plus de rouge et cache sa gorge. Vous avez peine à la reconnoître avec ce déguisement, mais il est vrai. Elle est souvent avec Madame de Longueville, et tout à fait dans le bel air de la dévotion; mais elle est toûjours de très bonne compagnie et n'est pas solitaire. J'étois auprès d'elle à ce dîner. Un Laïquais lui présenta un grand verre de vin de liqueur. Elle me dit, Madame, ce garçon ne sçait pas que je suis devôte. Elle nous fit rire. Elle parle fort naturellement de ses intentions et de son changement. Elle prend garde à ce qu'elle dit du prochain, et quand il lui échape quelque chose, elle s'arrête tout court. Pour moi je la trouve plus aimable qu'elle n'étoit. On veut parier que la Princesse d'Harcourt ne sera pas devôte dans un an, à cette heure qu'elle est Dame du Palais, et qu'elle remettra du rouge, car ce rouge c'est la loi et les prophètes; c'est sur ce rouge que roule tout le Christianisme. Pour la Duchesse d'Aumont, sa pente est d'ensevelir les morts. On dit que sur la frontiere la Duchesse de Charost les y tuoit avec des remedes mal composez, que l'autre les venoit promptement ensevelir. La Marêchale d'Uxelles est très bonne à entendre, mais la Maran est plus que très bonne. J'ai rencontré Madame de Schombert, qui m'a dit sérieusement qu'elle étoit du premier ordre, et pour la retraite, et pour la pénitence, n'étant d'aucune societé, et refusant même les amusemens de la devotion. Enfin c'est ce qui s'apelle adorer Dieu en esprit et en vérité dans la simplicité de la premiere Eglise. Les Dames du Palais sont dans une grande sujetion. Le Roi s'en est expliqué, et veut que la Reine en soit toûjours entourée. Madame de Richelieu, quoiqu'elle ne serve plus à table, est toûjours au dîner de la Reine avec quatre Dames qui sont de garde tour à tour. La Comtesse d'Ayen est la sixiéme, elle a bien peur de cet attachement et d'aller tous les jours à Vêpres, au Sermon, ou au Salut, ainsi rien n'est pur en ce monde. Pour la Marquise de Castelnau elle est blanche et fraîche et consolée, et à ce qu'on dit n'a fait que changer d'apartement dont le premier étage est fort malcontent. Madame de Louvigny ne paroît point assez aise de sa bonne fortune. On ne sçauroit lui pardonner de n'adorer pas son mary comme au commencement : voilà la premiere fois que le public s'est scandalisé d'une pareille chose. Madame de Brissac est belle et sage, toûjours avec l'ombre de la Princesse de Conty. Elle est en arbitrage avec son pere, et ravit le cœur de ce pauvre M. d'Ormesson, qui dit qu'il n'a jamais vû une femme si honnête et si franche. La Coësquen est tout ainsi que vous l'avez vûë. Elle a fait faire une jupe de velour noir avec de grosses broderies d'or et d'argent, et un manteau de tissu or et argent. Cet habit coûte six mille écus; et quand elle a été bien resplendissante, on l'a trouvée comme une Comedienne, et on s'est si bien mocqué d'elle, qu'elle n'ose plus le mettre. La Manierosa est un peu fâchée de n'être point Dame du Palais. Madame de Duras se mocque d'elle, et ne veut point de cet honneur. La Troche est telle que vous l'avez vûë, très passionnée pour tous vos interêts; mais je ne puis assez vous dire de quelle maniere Madame de la Fayette s'est mise à rire devant nous, et prenant la parole sur tout, et blâmant l'Evêque et M. de R. F. et tout cela de ces bons tons sinceres que vous connoissez. Je l'en aime encore plus que je ne faisois, vous en devez faire de même. M. de Marseille n'est pas réveré dans ces lieux où j'ai un peu de voix en chapitre. Nous fûmes voir M. de Turenne. Il a un peu la goute. Nous fûmes recûës Madame de la Fayette et moi avec un excés de civilitez. Il parle extrémement de vous. Le Chevalier de Grignan lui a conté vos victoires. Il vous auroit offert son épée, s'il en étoit encore besoin. Il croit partir dans trois jours. Mon fils partit hier avec bien du chagrin. Je n'en avois pas moins d'un voyage si mal placé et si désagréable par toute sorte de raisons. M. de la Trousse ne s'en ira que lundi. Corbinely est très souvent avec moi. Il m'est bon par tout; Il vous adore. Vous écrivez parfaitement bien. J'ai vû deux ou trois de vos lettres;

rien n'est si délicieux. Votre stile s'est perfectionné. C'est une de mes folies que d'aimer à le lire. Ne diriez-vous pas que je n'en reçoive point? Je ne crois pas qu'il se soit jamais vû un commerce comme le nôtre; il n'est pas fort étrange que j'en fasse mon plaisir, aussi c'est ce qui ne se voit guère, et c'est ce que je sens délicieusement.

Février 1674.

On ne parle point des nouvelles d'Angleterre. On juge par là qu'elles ne sont pas bonnes. On a fait un bal ou deux à Paris dans tout le carnaval. Il y a eu quelques masques, mais peu. La tristesse est grande. Les Assemblées de S. Germain sont des mortifications pour le Roi, et seulement pour marquer la cadence du carnaval. Le P. Bourdalouë fit un Sermon le jour de Notre-Dame, qui transporta tout le monde. Il étoit d'une force qui faisoit trembler les courtisans; et jamais un Prédicateur Evangélique n'a prêché si hautement et si généreusement les vérités Chrétiennes. Il étoit question de faire voir que toute Puissance doit être soumise à la loi, à l'exemple de notre Seigneur qui fut présenté au Temple. Enfin, ma bonne, cela fut poussé au point de la plus haute perfection, et certains endroits furent poussés comme les auroit poussé l'Apôtre S. Paul. L'Archevêque de Rheims revenoit hier fort vîte de S. Germain comme un tourbillon. S'il croit être grand Seigneur, ses gens le croyent encore plus que lui. Ils passoient au travers de Nanterre, tra, tra, tra, ils rencontrent un homme à cheval, gare, gare : ce pauvre homme se veut ranger, son cheval ne le veut pas; enfin le carosse et les six chevaux renversent cul par dessus tête le pauvre homme et le cheval, et par dessus et si bien par dessus, que le carosse en fut versé et renversé. En même temps l'homme et le cheval au lieu de s'amuser à être roüés, se relevent miraculeusement, et remontent l'un sur l'autre, et s'enfuïent et courent encore, pendant que les laquais et le cocher de l'Archevêque même se mettent à crier : Arrêtez, arrêtez le coquin, qu'on lui donne cent coups; Et l'Archevêque, en racontant ceci, disoit : Si j'avois tenu ce maraud-là, je lui aurois rompu le bras, et coupé les oreilles. »

Je dînai encore hier chez Gourville avec Madame de Langeron, Madame de la Fayette, Madame de Coulanges, Gorbinely, l'Abbé Testu, Briole, Gourville, mon fils. Votre santé fut bûë magnifiquement, et pris un jour pour nous y donner à dîner. Adieu, ma très chere et très aimable, je ne vous puis dire à quel point je vous souhaite. Je vous quitte et laisse la plume à Mademoiselle de Mery et à Corbinely, qui dort. Le Président..... mourut hier d'une oppression sans fiévre en vingt-quatre heures.

Paris, Vendredi 9. *Août* 1675.

VOILA donc, ma chere bonne, nos pauvres amis qui ont répassé le Rhin fort heureusement, fort à loisir, et après avoir battu les ennemis; c'est une gloire bien complette pour M. de Lorges. Nous avions tous bien envie que le Roi lui envoyât le bâton après une si belle action et si utile, dont il a seul tout l'honneur. Il y a eu un coup de canon dans le ventre de son cheval. Sur un coup de canon la providence avoit bien donné sa commission à celui-là aussi bien qu'aux autres. Nous avons perdu Vaubrun et peut-être Monlor, frére du Prince d'Harcourt votre cousin germain. La perte des ennemis a été grande de leur aveu. Ils ont 4,000 hommes de tuez. Nous n'en avons perdu que sept ou huit cens. Le Duc de Sault, le Chevalier de Grignan et leur Cavalerie se sont distinguez, et les Anglois sur-tout ont fait des choses romanesques, enfin voilà un grand bonheur. On dit que Montecucully, après avoir envoyé témoigner à M. de Lorges la douleur qu'il avoit de la perte d'un si grand Capitaine, lui manda qu'il lui laisseroit repasser le Rhin, et qu'il ne vouloit point exposer sa réputation à la rage d'une armée furieuse, et à la valeur des jeunes François, à qui rien ne peut résister dans leur premiere impétuosité. En effet le combat n'a point été général, et les troupes qui nous ont attaqué ont été défaites. M. de Lorges a eu le commandement d'Alsace et 25000. livres de pension qu'avoit Vaubrun. Ah! Ce n'étoit pas cela qu'il vouloit. Notre bon Cardinal a encore écrit au Pape, disant qu'on ne peut s'empêcher d'esperer que quand Sa Sainteté aura vû les raisons qui sont dans sa lettre, elle se rendra à ses très humbles priéres pour accepter la démission de son chapeau, mais nous croyons que le Pape infaillible et qui ne fait rien d'inutile, ne lira pas seulement ses lettres. Parlons un peu de M. de Turenne, il y a long-temps que nous n'en avons parlé. N'admirez-vous point que nous nous trouvons heureux d'avoir repassé le Rhin, et que ce qui auroit été un dégoût s'il étoit au monde, nous paroît une prosperité, parce que nous ne l'avons plus? Voyez ce que c'est que la perte d'un seul homme. Ecoutez, je vous prie ma bonne, une chose qui me paroît belle, il me semble que je lis l'histoire Romaine. S. Hilaire, Lieutenant Général de l'artillerie fit comme vous sçavez arrêter M. de Turenne qui avoit toûjours galopé, pour lui faire voir une batterie. C'étoit comme s'il eût dit, Monsieur, arrêtez-vous un peu, car c'est ici que vous devez être tué. Le coup de canon vient donc et emporte le bras de S. Hilaire qui montroit cette batterie, et tuë M. de Turenne. Le fils de S. Hilaire se jette à son pere, et se met à crier et à pleurer. Taisez-vous, enfant, lui dit-il, voyez M. de Turenne roide mort. Voilà ce qu'il faut pleurer éternellement, voilà ce qui est irréparable, et sans faire aucune attention sur lui, se met à crier et à pleurer cette grande perte. M. de la R. F. pleure lui-même en admirant la noblesse de ce sentiment. Le Gentilhomme de M. de Turenne qui étoit retourné et qui est revenu, dit qu'il a vû faire des actions héroïques au Chevalier de Grignan. Il a été jusqu'à cinq fois à la charge, et sa Cavalerie a si bien repoussé les ennemis, que ce fut cette vigueur extraordinaire qui décida du combat. Boufflers a fort bien fait aussi, et le Duc de Sault, et sur-tout Monsieur de Lorges, qui a paru neveu du Héros en cette occasion. Le Duc de Villeroi ne se peut consoler de M. de Turenne. Il écrit que la fortune ne peut plus lui faire de mal, après lui avoir fait celui de lui ôter le plaisir d'être aimé et estimé d'un tel homme. Il avoit r'habillé à ses dépens tout un Régiment Anglois, et l'on n'a trouvé dans son coffre que neuf mille livres.

A Paris 1675.

VOICI une nouvelle de l'Europe qui m'est entrée dans la tête, je vais vous la mander contre mon ordinaire. Vous sçavez, ma bonne, que le Roi de Pologne est mort. Ce grand Marêchal mari de Madame d'Arquien, est à la tête d'une armée contre les Turcs. Il a gagné une bataille si pleine et si entière qu'il est demeuré quinze mille Turcs sur la place. Cette victoire est si grande, qu'on ne doute point qu'il ne soit nommé Roi, d'autant plus qu'il est à la tête d'une armée, et que la fortune est toûjours pour les gros bataillons. Voilà une nouvelle qui m'a plû, et j'ai jugé qu'elle vous plairoit aussi.

Paris, Vendredi 16. *Août* 1675.

JE voudrois mettre tout ce que vous m'écrivez de M. de Turenne dans une Oraison Funébre. Vrayement votre stile est d'une énergie et d'une beauté extraordinaire. Vous étiez dans les boufées d'éloquence que donne l'émotion de la douleur. Ne croyez point, ma bonne, que son souvenir soit fini ici quand votre lettre est arrivée. Ce fleuve qui entraîne tout, n'entraîne pas si-tôt une telle mémoire. Elle est consacrée à l'immortalité, et même dans le cœur d'une infinité de gens dont les sentimens sont fixes sur ce sujet. J'étois l'autre jour chez M. de la R. F. M. le Premier y vint, Madame de Lavardin, M. de Marsillac, Madame de la Fayette et moi. La conversation dura deux heures sur les divines qualitez de ce véritable Héros. Tous les yeux étoient baignez de larmes; et vous ne sçauriez croire comme la douleur de sa perte étoit profondément gravée dans les cœurs. Vous n'avez rien par dessus nous que le soulagement de soupirer tout haut, et d'écrire son panégyrique. Nous remarquions une chose, c'est que ce n'est pas à sa mort, qu'on admire la grandeur de son cœur, l'étenduë de ses lumières, et l'élevation de son ame. Tout le monde en étoit plein pendant sa vie. Vous devez penser ce que fait sa perte, par dessus ce qu'on étoit déja. Enfin ma bonne, ne croyez point que cette mort soit ici comme les autres. Vous faisiez trop d'honneur au Comte de Guiche; mais, pour l'un des deux Héros de ce siècle, vous pouvez en parler tant qu'il vous plaira sans croire que vous ayez une dose de douleur plus que les autres; pour son ame, c'est encore un miracle qui vient de l'estime parfaite qu'on avoit pour lui. Il n'est pas tombé dans la tête d'aucun devot, qu'il ne fût pas en bon état. On ne sçauroit comprendre que le mal et le péché pussent être dans son cœur. Sa conversi[illegible] si sincere nous a paru comme un Batême. Chacun conte l'innocence de ses mœurs, la pureté de ses intentions, son humilité éloignée de toute sorte d'affectation, la solide gloire dont il étoit plein sans faste et sans ostentation, aimant la vertu pour elle-même, sans se soucier de l'approbation des hommes, une charité généreuse et chrétienne. Vous ai-je pas conté comme il r'habilla ce Régiment? Il lui en coûta quatorze mille francs, et resta sans argent. Les Anglois ont dit à M. de Lorges qu'ils acheveroient de servir cette campagne pour le venger, mais qu'après cela ils se retireroient, ne pouvant obéir à d'autres qu'à M. de Turenne. Il y avoit de jeunes soldats qui s'impatientoient un peu dans des marais où ils étoient dans l'eau jusqu'au genou, et les vieux soldats leur disoient, quoi, vous vous plaignez? On voit bien que vous ne connoissez pas M. de Turenne; il est plus fâché que nous, quand nous sommes mal; il ne songe à l'heure qu'il est qu'à nous tirer d'ici; il veille quand nous dormons: c'est notre pere; on voit bien que vous êtes bien jeunes; et les rassuroient ainsi. Tout ce que je vous mande est vrai. Je ne me charge point de fadaises dont on croit faire plaisir aux gens éloignés, c'est abuser d'eux; et je choisis bien plus ce que je vous écris que ce que je vous dirois, si vous étiez ici. Je reviens à son ame. C'est donc une chose à remarquer, que nul devot ne s'est avisé de douter que Dieu ne l'eût reçuë à bras ouverts, comme une des plus belles et des meilleures qui soient jamais sorties de lui. Méditez sur cette confiance génerale de son salut, et vous trouverez que c'est une espéce de miracle qui n'est que pour lui. Enfin personne n'a osé douter de son repos éternel. Vous verrez dans les nouvelles, les effets de cette perte. Le Roi a dit d'un certain homme dont vous aimiez assez l'absence cet hiver, qu'il n'avoit ni cœur, ni esprit, rien que cela. M. de Rohan avec une poignée de gens a dissipé tous les mutins qui s'étoient atroupés dans la Duché de Rohan. Les troupes sont à Nantes, commandées par Fourbin, avec d'obéir à M. de Chaunes; mais, comme M. de Chaunes est dans son Fort-Loüis, Fourbin avance en commande toûjours. Vous entendez bien ce que c'est que ces sortes d'honneurs en idée que l'on laisse sans actions à ceux qui commandent. Mais M. de Lavardin avoit faît demander le commandement. Il a été à la tête d'un vieux Régiment, et prétendoit que cet honneur lui étoit dû, mais il n'a pas eu contentement. On dit que nos mutins demandent pardon. Je croi qu'on leur pardonnera moyennant quelques pendus. On a ôté M. de Chamillard, qui étoit odieux à la Province, et l'on a donné pour Intendant de ces troupes M. de Marsillac qui est un fort honnête homme. Ce n'est plus ces désordres qui m'empêchent de partir, c'est autre chose que je ne veux pas quitter. Je n'ai pû même aller à Livry, quelque envie que j'en aye. Il faut prendre le temps comme il vient. On est assez aise d'être au milieu des nouvelles dans ces terribles tems. Ecoutez, je vous prie, encore un mot de M. de Turenne. Il avoit fait connoissance avec un berger qui sçavoit fort bien les chemins et les païs. Il alloit seul avec lui, et faisoit poster les troupes selon la connoissance que cet homme lui donnoit. Il aimoit ce berger, et le trouvoit d'un sens admirable; et disoit que le Colonel Bec étoit venu comme cela, et qu'il croyoit que ce berger feroit sa fortune comme lui. Quand il eut fait passer à loisir ses troupes, il se trouva content, et dit à M. de Roncy : Tout de bon, il me semble que cela n'est pas trop mal, et je croi que M. de Montecucully trouvera assez bien ce que l'on vient de faire. Il est vrai que c'étoit un chef-d'œuvre d'habileté. Madame de Villars a vû encore une relation depuis le jour du combat, où l'on dit que, dans le passage du Rhin, le Chevalier de Grignan fit encore des merveilles de valeur et de prudence. Il est impossible de s'être plus distingué qu'il a fait. Dieu le considere, car le courage de M. de Turenne est passé à nos ennemis, ils ne trouvent rien d'impossible depuis la défaite du M[illegible] rêchal de Créquy. M. de la Feüillad[illegible] pris la poste, et s'en est venu droit à [illegible] sailles où il surprit le Roi; il lui dit, Si[illegible] les uns font venir leurs femmes, c'est R[illegible] chefort; les autres les viennent voir; pour moi, je viens voir une heure Votre Majesté, et la remercier mille et mille fois. Je ne verrai que Votre Majesté, car ce n'est qu'à elle que je dois tout. Il causa assez long-temps, et puis prit congé, et lui dit, Sire, je m'en vais, je vous supplie de faire mes complimens à la Reine, à M. le Dauphin, à ma femme et à mes enfans, et s'en alla remonter à cheval, et en effet n'a vû ame vivante. Cette petite équipée a fort plû au Roi, il a raconté en riant comme il étoit chargé de complimens. Il n'y a qu'à être heureux, tout réussit.

A Paris, 30. *Août* 1675.

JE prens la résolution de partir le quatre du mois prochain. Je vais droit à Orléans, j'y trouverai M. d'Haroüi, et nous nous y embarquerons Dimanche après la Messe. J'ai un grand regret à votre commerce qui va être tout déreglé, mais la vie est pleine de choses qui blessent le cœur. Je reviens, ma bonne, du Service de M. de Turenne à S. Denis. Madame d'Elbeuf m'est venu prendre, et le petit Cardinal m'en a prié d'un ton à ne pouvoir le refuser. C'étoit une chose bien triste. Son corps étoit là au milieu de l'Eglise. Il est arrivé cette nuit avec une cérémonie si lugubre, que M. Boucherat, qui l'a reçû et qui l'a veillé, en a pensé mourir de pleurer. Il n'y avoit que cette famille désolée, et tous les Domestiques en deüil et en pleurs. On n'entendoit que des soupirs et des gémissemens. Il n'y avoit d'amis que messieurs Boucherat, de Harlay, de Barillon et M. de Meaux. Madame d'Elbeuf a pensé crever de douleur. Sa vapeur s'y est mêlée, qui a fait un grand éfet. Ç'a été une chose triste de voir tous ses gard debout, la pertuisane sur l'épaule au to de ce corps qu'ils ont si mal gardé, et à fin de la Messe, porter la bierre jusq une Chapelle au dessus du grand Autel il est en dépôt. Cette translation a é chante, et tout étoit en pleurs, et plusieurs crioient sans pouvoir s'en empêcher. Enfin on a été dans cette Chapelle. Madame d'Elbeuf a crié les hauts cris. Il y avoit entre autre un petit Page qui devenoit fontaine. Enfin nous sommes revenus dîner tristement chez le Cardinal de Boüillon qui a voulu nous avoir. Il m'a prié par pitié de retourner ce soir à six heures le prendre pour le mener à Vincennes, et Madame d'Elbeuf. Ils m'ont fort parlé de vous. Le Cardinal dit qu'il vous écrira aujourd'hui. La lune nous conduira jusqu'où il lui plaira. Peut-être que j'irai demain passer le soir à Livry, pour joüir de cette belle diane, et dire adieu à l'aimable Abbaye. L'Abbé y est depuis trois jours. Il ne nous parle plus que de retraite. C'est la grande mode. Que dites-vous du nom de M. le Prince qui a fait lever le siége d'Haguenau, comme il les fit fuir l'année passée à Oudenarde? Je ne sçai nulle nouvelle de Fontainebleau : seulement qu'on y joüera quatre belles Comédies de Corneille, quatre de Racine et deux de Molière.

Adieu, ma chére bonne, embrassez-moi, je vous en conjure, et ne me dites point que vous ne méritez pas mon extréme tendresse. Et pourquoi, ma bonne, ne l'a méritez-vous pas, s'il est vrai que vous m'aimiez? Par quelqu'autre endroit en seriez vous indigne? Embrassez-moi encore, ma chére enfant, et soyez aise que je vous aime plus que moi-même, puisque vous m'aimez un peu.

A Orléans, Mécredi 4. Septembre 1675.

IL est certain que le Roi et.... se sont véritablement séparés, mais la douleur de la Demoiselle est fréquente, et même jusques aux larmes, de voir à quel point l'ami s'en passe bie Il ne pleuroit que sa liberté, et ce lieu sûreté contre la Dame du Château. Le res par quelque raison que ce puisse êtr lui tenoit plus au cœur. Il a retrouvé societé qui lui plaît : il est gay et content de n'être plus dans le trouble; et l'on tremble que cela ne veüille dire une diminution, et l'on pleure; et si le contraire étoit, on pleureroit et on trembleroit encore. Ainsi le repos est chassé de cette place. Voilà sur quoi vous pouvez faire vos réflexions, comme sur une vérité. Je croi que vous m'entendez. Pour l'Angleterre Keroval n'a été trompée sur rien. Elle avoit envie d'être maîtresse du Roi. Elle l'est. Il couche quasi toutes les nuits avec elle à la veûë de toute la Cour. Elle a un fils qui vient d'être reconnu, à qui on a donné deux Duchez. Elle amasse des trésors, et se fait redouter et respecter de qui elle peut; mais elle n'avoit pas prévû de trouver en son chemin une jeune Comédienne dont le Roi est ensorcelé. Elle n'a pas le pouvoir de l'en détacher un moment. Il partage ses soins, son tems et sa santé entre elles deux. La Comédienne est aussi fiére que la Duchesse de Porsmouth. Elle la morgue, elle lui fait la grimace, elle l'attaque, et lui dérobe souvent le Roi; elle se vente de ses préférences. Elle est jeune, folle, hardie, débauchée et plaisante. Elle chante, elle danse, et fait son métier de bonne foi. Elle a un fils du Roi, et veut qu'il soit reconnu. Voici son raisonnement. Cette Duchesse, dit-elle, fait la personne de qualité. Elle dit que tout est son parent en France. Dès qu'il meurt quelque Grand, elle prend le deüil. Eh bien, puisqu'elle est de si grande qualité, pourquoi s'est-elle faite P.. Elle devroit mourir de honte. Pour moi c'est mon métier. Je ne me picque pas d'autre chose. Le Roi m'entretient. Je ne suis qu'à lui présentement. Il m'a fait un fils. Je prétens qu'il doit le reconnoître, et je suis assurée qu'il le reconnoîtra, car il m'aime autant que sa Porsmouth. Cette créature tient le haut du pavé, et décontenance et embarasse extraordinairement la Duchesse. Voilà de ces originaux qui me font plaisir. J'ai trouvé que d'Orléans je ne pouvois vous rien mander de meilleur, du moi sont-ce des véritez. Je me porte très-bie ma bonne. Je me trouve fort bien d'êt une substance qui pense, et qui lit, sa cela notre bon Abbé m'amuseroit peu. Vous sçavez qu'il est occupé des beaux yeux de sa cassette. Mais pendant qu'il la regarde et la visite de tous côtés, le Cardinal Comendon me tient une très bonne compagnie.

Aux Rochers, Mécredi 16. *Octobre* 1675.

Je ne suis point entêtée, ma bonne, de M. de Lavardin. Je le croi tel qu'il est. Ses plaisanteries et ses manieres ne me charment point du tout. Je le vois comme j'ai toûjours fait; mais je suis assez juste pour rendre au vrai mérite ce qui lui appartient, quoique je le trouve pêle mêle avec des désagrémens. C'est à ses bonnes qualitez que je me suis attachée, et par bonheur je vous en avois parlé à Paris; car sans cela vous croiriez que l'antousiasme d'une bonne réception m'auroit enyvrée. Enfin je souhaiterai toûjours, à ceux que j'aimerai, plus de charmes; mais je me contenterai qu'ils ayent autant de vertus. C'est le moins lâche et le moins bas courtisan que j'aie jamais vû. Vous aimeriez bien son stile dans de certains endroits, vous qui parlez. Tant y a, ma bonne, voilà ma justification, dont vous ferez part au gros Abbé, si par hazard il avoit jamais mal au gras des jambes sur ce sujet. Vous aurez à present vû la Garde. J'en suis fort aise. Vous aurez eû toutes vos hardes. Et cette musique dans un de vos souliers vous aura bien..... Fi, vous devriez danser toute seule avec ces souliers-là. M. d'Acqueville me dit qu'une fois la semaine c'est assez écrire pour des affaires, mais que ce n'est pas assez pour son amitié, et qu'il augmenteroit plûtôt d'une lettre que d'en retrancher une. Vous jugez que puisque le régime que je lui avois ordonné, ne lui plaît pas, je lâche la bride à toutes ses bontez, et lui laisse la liberté de son écritoire. Songez qu'il écrit de cette furie à tout ce qui est hors de Paris, et voit tous les jours tout ce qui y reste, et s... les d'Acquevilles. Adressez-vous à eux, bonne, en toute confiance. Leurs bons cœurs suffisent à tout. Enfin je veux ôter de l'esprit de le ménager. Je veux en user. Aussi bien si ce n'est moi qui le tuë, ce sera un autre. Il n'aime que ceux dont il est accablé. Accablons-le donc sans discrétion. Vous n'avez jamais vû, ma bonne, ces bois dans la beauté où ils sont. Madame de Tarante y fut hier tout le jour. Il faisoit un tems admirable. Elle me parla fort de vous. Elle vous trouve bien plus jolie que le petit ami. Sa fille est malade. Elle en étoit triste. Je la mis en carosse au bout de la grande allée, et comme elle me prioit fort de me retirer, elle me dit, Madame, vous me prenez pour une Allemande. Je lui dis, Oüi Madame, assurément je vous prens pour une Allemande, j'aurois plûtôt obéï à Madame votre belle-fille. Elle entendit cela comme une Françoise. Il est vrai que sa naissance doit, ce me semble, donner une dose de respect à ceux qui sçavent vivre. Elle a un stile romanesque dans ce qu'elle conte, et je suis étonnée que cela déplaise à ceux même qui aiment les Romans. M. d'Acqueville de sa propre main, car ce n'est point dans son billet de nouvelles écrites par son Valet de Chambre, me mande que M. de Chaunes avec les troupes est arrivé à Rennes le samedi douze Octobre. Je l'ai remercié de ses soins, et je lui apprens que M. de Pomponne se fait peindre par Mignard. Mais tout ceci entre nous, car sçavez-vous qu'il est délicat et blond... Sçavez-vous que le premier Président de Provence a battu sa femme J'aime le coup de plat d'épée, cela est brave et nouveau. On sçait bien qu'il les faut battre, disoit l'autre jours un païsan, mais le plat d'épée me réjoüit... Il est vrai que le bonheur des François surpasse toute croyance en tout païs. J'ai ajoûté ce remerciment à ma priere du soir. Ce sont les ennemis qui font toutes nos affaires. Ils se reculent quand ils voyent qu'ils nous pourroient embarasser. Je vous répons de la paix. Il me semble qu'elle est si nécessaire, que malgré la conduite de ceux qui ne la veulent pas, elle se fera toute seule. Adieu mon enfant, je vous aime de tout mon cœur, mais c'est au pied de la lettre, et sans en rien rabatre.

A Paris, Mécredi 29. *Avril* 1676.

IL faut commencer par vous dire que Condé fut pris d'assaut la nuit du Samedi au Dimanche. D'abord cette nouvelle fait battre le cœur. On croit avoir acheté cette victoire, point du tout, ma belle. Elle ne nous coûte que quelques soldats et pas un homme qui ait un nom; voilà ce qui s'appelle un bonheur complet. Laré fils de M. Lesnet, le même qui fut tué en Candie, ou son frére, est blessé considérablement. Vous voyez comme on se passe de vieux Héros. Madame de Brinvilliers n'est pas si aise que moi. Elle est en prison, elle se défend assez bien. Elle demanda hier à joüer au Piquet, parce qu'elle s'ennuyoit. On a troûvé sa confession. Elle nous apprend qu'à sept ans elle avoit cessé d'être fille, qu'elle avoit continué sur le même ton, qu'elle avoit empoisonné son pere, ses fréres, un de ses enfans, et elle-même; mais ce n'est que pour essayer d'un contrepoison. Medée n'en avoir pas tant fait. Elle a reconnu que cette confession étoit de son écriture, c'est une grande sottise; mais qu'elle avoit la fiévre chaude quand elle l'avoit écrite; que c'étoit une frénesie, une extravagance qui ne pouvoit pas être luë sérieusement. La Reine a été deux fois aux Carmelites avec Madame de Montespan. Cette derniere se mit dans la tête de faire une lotterie. Elle fit apporter tout ce qui peut convenir à des Religieuses. Cela fit un grand jeu dans la Communauté. Elle causa fort avec Sœur Loüise de la miséricorde, elle lui demanda si tout de bon elle étoit aussi aise qu'on le disoit. Non, dit-elle, je ne suis point aise, mais je suis contente. Elle lui parla fort du frére de Monsieur, et si elle ne lui vouloit rien mander, et ce qu'elle diroit pour elle. L'autre d'un ton et d'un air tout aimable : tout ce que vous voudrez, Madame, tout ce que vous voudrez. Mettez dans cela toute la grace, tout l'esprit, et toute la modestie que vous pourrez imaginer. Je vous dis ce fait sans aucune paraphrase. Vous me félicitez, dites-vous, de ce que je trouverai à Vichy madame de Brissac, et vous me demandez ce que j'en ferai. Je l'ai choisie, ma bonne, pour m'aprendre dans la société la droiture et la sincerité. Si j'avois eu l'autre jour mon fils, je vous aurois mandé la superficielle conversation qu'elle attira dans cette chambre. Mon Dieu, ma bonne, vous croyez avoir pris médecine, vous êtes bien heureuse. Je voudrois bien croire que j'ai été saignée. Ils disent qu'il faut cette préparation avant que de prendre des eaux.

A M. de Grignan.

Je vous assûre, M. le Comte, que j'aimerois mille fois mieux la grace dont vous me parlez, que celle de Sa Majesté. Je croi que vous êtes de mon avis, et que vous comprenez aussi l'envie que j'ai de voir Madame votre femme sans être le maître chez vous, comme le charbonnier. Je trouve que par un stile tout oposé, vous l'êtes plus que tous les autres charbonniers du monde. Rien ne se préfére à vous en quelque état que l'on puisse être; mais soyez généreux, et quand on aura fait encore quelque tems la bonne femme, amenez-la vous-même par la main faire la bonne fille : c'est ainsi qu'on s'acquitte de tous ses devoirs, et le seul moyen de me redonner la vie. Mon Dieu, que vous êtes plaisans vous autres, de parler encore de Cambray. Nous aurons pris une autre Ville avant que vous sçachiez la prise de Condé. Que dites-vous de notre bonheur qui fait venir notre ami le Turc en Hongrie? Voilà Corbinely bien aise. Nous allons bien pantoufler. Je reviens à vous, ma bonne, et vous embrasse de tout mon cœur. Voilà M. de Coulanges qui vous dira de quelle maniere Madame de Brinvilliers s'est voulu tuer.

Lettre de M. de Coulanges à madame de Grignan.

Elle s'étoit fichée un bâton, devinez où : ce n'est point dans l'œil, ce n'est point dans la bouche, ce n'est point dans l'oreille, ce n'est point à la Turque; devinez où, c'est tant y a qu'elle étoit morte, si on n'étoit couru au secours. Je suis très aise, Madame, que vous ayez agréé les œuvres que je vous ai envoyées. J'ai impatience d'aprendre le retour de M. de Bandol, pour sçavoir comme il aura reçû le poëme de Tobie. Il aura été apparemment assez habile homme pour vous en faire part, sans blesser cette belle ame que vous venez de laver dans les eaux salutaires du Jubilé. Madame votre mere s'en va à Vichy, et je ne l'y suivrai point, parce que ma santé est un peu meilleure depuis quelque temps. Je ne croi pas même que j'aille à Lyon; ainsi Madame la Comtesse, revenez à Paris, et aportez y votre beau visage, si vous voulez que je vous baise. Je saluë M. de Grignan, et l'avertis qu'aujourd'hui M. de Lussan a gagné son procès, afin qu'il me remercie, s'il le trouve à propos.

Continuation de Madame de Sévigné.

Vrayement ce seroit une chose désagréable que Pomier fût convaincu d'avoir part à cette machine. Ma chere enfant, je suis toute à vous.

Paris, Juin 1676.

MONSIEUR de Louvois est parti, ma chere bonne, pour sçavoir ce que les ennemis veulent dire. On dit qu'ils en veulent à Mastric. M. le Prince ne le croit pas. Il a eu enfin de grandes conférences avec le Roi. On attend les couriers de Monsieur de Louvois. Monsieur de Luxembourg croit n'avoir autre chose à faire que d'être spectateur de la prise de Philisbourg. Dieu nous fasse la grace de ne pas voir celle de Mastric. Ce que dit le Prince, c'est que nous prendrons une autre place, et ce sera piéce pour piéce. Il y avoit un fou le temps passé qui disoit dans le cas pareil : changez vos Villes de gré à gré, vous épargnerez vos hommes. Il y a bien de la sagesse à ce discours. Vous demandez si le Prince ne trouve pas bien plaisant les victoires qu'on lui présente. Oüi, je le trouve bien plaisant. Je suis persuadé que les Hollandois sçavent regretter leur Héros. Ils ne sçauront point en refaire d'autre. Ma niéce de Bussi, c'est-à-dire de Coligny, est veuve. Son mari est mort à l'armée de M. de Schomberg. Cette affligée ne l'est point du tout. Elle dit qu'elle ne le connoissoit point, et qu'elle avoit toûjours souhaité d'être veuve. Il lui laisse tout son bien, de sorte que cette femme aura quinze ou seize mille livres de rente. Elle est grosse de neuf mois. Voyez si vous voulez écrire un petit mot en faveur du Rabutinage.

Vous avez raison de vous fier à Corbinely pour m'aimer, et pour avoir soin de ma santé. Il s'acquitte parfaitement de l'un et de l'autre, et vous adore sur le tout. Il est vrai qu'il traite de petits sujets fort aisez dans ses poësies que je vous ai envoyées, mais il prétend que les anciens ont fait ainsi, parce que la cadence des vers donne plus d'attention. Il a fait une épitre contre les joüeurs excessifs. Elle fait revenir le cœur. Il a une grande joye de votre retour. Vous lui manquez à tout. Il est en vérité fort amusant, car toûjours il a quelque chose dans la tête. Villebrun m'avoit dit que sa poudre ressuscitoit les morts; il est vrai qu'on en a vû des effets merveilleux. On peut juger de lui comme on veut, c'est un homme à facettes encore plus que les autres.

Paris, 29. *Juillet* 1676.

Voici, ma bonne, un changement de scéne qui vous paroîtra aussi agréable qu'à tout le monde. Je fus Samedi à Versailles avec les Villars : voici comme cela va. Vous connoissez la toillete de la Reine, la Messe, le dîner; mais il n'est plus besoin de se faire étouffer pendant que leurs Majestez sont à table : car à trois heures le Roi, la Reine, Monsieur, Madame, Mademoiselle, tout ce qu'il y a de Princes et Princesses, Madame de Montespan, toute sa suite, tous les Courtisans, toutes les Dames, enfin ce qui s'appelle la Cour de France, se trouve dans ce bel appartement du Roi que vous connoissez. Tout est meublé divinement, tout est magnifique. On ne sçait ce que c'est que d'y avoir chaud. On passe d'un lieu à l'autre sans faire la presse en nul lieu. Un jeu de Reversis donne la forme et fixe tout. C'est le Roi, et Madame de Montespan tient la carte. Monsieur, la Reine et Madame de Soubise, M. de d'Angeau et compagnie, l'Anglée et compagnie, mille Loüis sont répandus sur le tapis, il n'y a point d'autres jettons. Je voyois d'Angeau, et j'admirois combien nous sommes sots auprès de lui. Il ne songe qu'à son affaire, et gagne où les autres perdent. Il ne néglige rien, il profite de tout, il n'est point distrait; en un mot sa bonne conduite défie la fortune. Il dit que je prenois part à son jeu, de sorte que je fus assise très agréablement et très commodément. Je saluai le Roi comme vous me l'avez appris. Il me rendit mon salut comme si j'avois été jeune et belle. La Reine me parla aussi long-tems de ma maladie, que si c'eût été une couche. Elle me parla aussi de vous. M. le Duc me fit mille de ces caresses à quoi il ne pense pas. Le Marêchal de Lorges m'attaqua sous le nom de Chevalier de Grignan. Enfin *tuti quanti*, vous sçavez ce que c'est que de recevoir un mot de tout ce qu'on trouve en chemin. Madame de Montespan me parla de Bourbon, et me pria de lui conter Vichi, et comme je m'en étois trouvée. Elle dit que Bourbon, au lieu de lui guerir un genou, lui a fait mal aux deux. C'est une chose surprenante que sa beauté et sa taille qui n'est pas de la moitié si grosse qu'elle étoit, sans que son teint, ni ses yeux, ni ses lèvres en soient moins bien. Elle étoit toute habillée de points de France, coëffée de mille boucles; les deux des tempes lui tomboient fort bas sur les deux joües; des rubans noirs sur la tête, des perles de la Marêchale de l'Hopital embellies de boucles et de pandeloques de diamans de la derniere beauté; trois ou quatre poinçons, boëte, point de coëffe, en un mot une triomphante beauté à faire admirer à tous les

Ambassadeurs. Vous ne sçauriez croire de quelle beauté est la Cour. Cette agréable confusion sans confusion, de tout ce qu'il y a de plus choisi, dure jusqu'à six heures depuis trois. S'il vient des Couriers, le Roi se retire pour lire les lettres, et puis revient. Il y a toûjours quelque musique qu'il écoute, et qui fait un très bon effet. Il cause avec celles qui ont accoutumé d'avoir cet honneur. Enfin on quitte le jeu à l'heure que je vous ai dit. On n'a du tout point de peine à faire les comptes. Il n'y a point de jettons, ni de marques. Les poules sont au moins de cinq, six ou sept cens Loüis; les grosses de mille, de douze cens; on en met d'abord vingt chacun, c'est cent, etc.

On parle sans cesse, et rien ne demeure sur le cœur. Combien avez-vous de cœurs? J'en ai deux, j'en ai trois, j'en ai un, j'en ai quatre. Il n'en a donc que trois, que quatre; et de tout ce caquet le bon joüeur en est ravi. Il découvre le jeu, il tire ses conséquences, il voit ce qu'il y a à faire. Enfin j'étois ravie de voir cet excès d'habileté. Vraîment c'est bien lui qui sçait le dessous des cartes, car il sçait toutes les autres couleurs. A six heures donc on monte en caléche, le Roi, Madame de Montespan, Monsieur, Madame de Tiange et la bonne d'Hudicourt sur le transport, c'est-à-dire comme en Paradis, ou dans la gloire de Niquée. Vous sçavez comme ces calèches sont faites. On ne se regarde point. Ils sont tournés du même côté. La Reine étoit dans une autre avec les Princesses, et ensuite tout le monde atroupé selon sa fantaisie. On fut sur le canal dans des gondoles. On y trouve de la musique. On revient à dix heures, on trouve la Comédie. Minuit sonne, on fait *mediâ noce*. Voilà comme se passe le Samedi. Nous revînmes quand on monta en caléche. De vous dire combien on me parla de vous, combien on me demanda de vos nouvelles, combien on me fit de questions sans attendre la réponse, combien j'en épargnai, combien on s'en soucioit peu, combien je m'en souciois encore moins, vous connoîtriez au naturel l'*iniqua corte*. Cependant elle ne fut jamais si agréable, et l'on souhaite fort que cela continuë. M. de Nevers est toûjours le plus plaisant Robin. Sa femme l'aime de passion. Mademoiselle de Tiange est plus régulièrement belle que sa sœur. M. du Maine est incomparable; l'esprit qu'il a est étonnant; les choses qu'il dit ne se peuvent imaginer.

M. le Prince fut voir l'autre jour Madame de la Fayette. Le Prince a *la cui spada ogni vittoria*. Le moyen de n'être pas flattée d'une telle estime, et d'autant plus qu'il ne la jette pas à la tête des Dames. Il attend des nouvelles comme les autres. Rambure a été tué par un de ses soldats qui déchargeoit son mousquet très innocemment. Le siége d'Aire continuë. L'armée de Schomberg est en pleine sûreté. Le petit glorieux n'a pas plus d'affaires que les autres; il pourra s'ennuyer, mais s'il a besoin d'une confusion, il faudra qu'il se la fasse lui-même. Voilà, ma bonne, d'épouvantables détails; ou ils vous ennuyeront beaucoup, ou ils vous amuseront. Ils ne peuvent point être indifferens. Je souhaite que vous soyez dans cette humeur où vous me dites quelquefois, mais vous ne voulez pas me parler. Mais j'admire ma mere qui aimeroit mieux mourir, que de me dire un seul mot. Oh! Si vous n'êtes pas contente, ce n'est pas ma faute, non plus que vous de la mort de Ruiter. Il y a des endroits dans vos lettres qui sont divins. Vous trouvez que ma plume est toûjours taillée pour dire des merveilles du Grand Maître. Je ne le nie pas absolument, mais je croyois de m'être mocquée de lui en vous disant l'envie qu'il a de parvenir, et qu'il veut être Marêchal de France à la rigueur comme du temps passé. Mais c'est que vous m'en voulez sur ce sujet. Le monde est bien injuste. Il l'a bien été aussi pour la Brinvilliers. Jamais tant de crimes n'ont été traités si doucement. Elle n'a pas eu la question. On lui faisoit entrevoir une grace, et si bien entrevoir, qu'elle ne croyoit point mourir, et dit en montant sur l'échafaut : C'est donc tout de bon. Enfin elle est au vent, et son Confesseur dit que c'est une sainte.

M. le premier Président lui avoit choisi ce Docteur comme une merveille. C'étoit celui qu'on vouloit qu'elle prît. N'avez-vous point vû ces gens qui font des tours de carte? Ils les mêlent incessamment, et vous disent d'en prendre une telle que vous voudrez, et qu'ils ne s'en soucient pas. Vous la prenez, vous croyez l'avoir prise, et c'est justement celle qu'ils veulent. A l'application elle est juste. Le Maréchal de Villeroi disoit l'autre jour, Penautier sera ruiné de cette affaire. Le Maréchal de Grammont répondit, il faudra qu'il supprime sa table. Voilà bien des épigrammes. Je suppose que vous sçavez qu'on croit qu'il y a cent mille écus répandus pour faciliter toutes choses. L'innocence ne fait guéres de telles profusions. Rien n'est si plaisant que tout ce que vous me dites sur cette horrible femme. Je croi que vous avez contentement, car il n'est pas possible qu'elle soit en Paradis. Sa vilaine ame doit être séparée des autres. Assassiner est le plus sûr. Nous sommes de votre avis. C'est une bagatelle, en comparaison d'être huit mois à tuer son pere, et à recevoir toutes ses caresses et toutes ses douceurs, où elle ne répondoit qu'en doublant toûjours la dose. Adieu, ma très aimable et très aimée, vous me priez de vous aimer; ah! vraîment je le vois bien. Il ne sera pas dit que je vous refuse quelque chose.

A Livry, 28. *Août* 1676.

J'EN demande pardon à ma chere patrie, mais je voudrois bien que M. de Schomberg ne trouvât point d'occasion de se battre. Sa froideur et sa manière toute opposée à M. de Luxembourg me font craindre aussi un procédé tout different. Je viens d'écrire un billet à Madame de Schomberg pour en apprendre des nouvelles. C'est un mérite que j'ai apprivoisé il y a long-tems. Elle aime Corbinely de passion. Jamais son bon esprit ne s'étoit tourné du côté d'aucune sorte de science, de sorte que cette nouveauté qu'elle trouve dans son commerce, lui donne aussi un plaisir tout extraordinaire dans sa conversation. Au reste, je lis les figures de la sainte Écriture qui prennent l'affaire dès Adam. J'ai commencé par cette création du monde que vous aimez tant, cela conduit jusques après la mort de notre Seigneur; c'est une belle suite, l'on y voit tout en abrégé: le stile en est fort beau, et vient de bon lieu. Il y a les réflexions des Peres fort bien mêlées. Cette lecture est fort attachante. Pour moi je passe bien plus loin que les Jésuites, et, voyant les reproches d'ingratitude, les punitions horribles dont Dieu afflige son peuple, je suis persuadée que nous avons notre liberté toute entiere, que par conséquent nous sommes très coupables, et méritons très bien le feu et l'eau dont Dieu se sert quand il lui plaît. Les Jésuites n'en disent pas encore assez; et les autres donnent sujet de murmurer contre la justice de Dieu, quand ils nous ôtent ou affoiblissent tellement notre liberté, que ce n'en est plus une.

Mécredi à Paris, 30. *Septembre* 1676.

Je mens, il n'est que Mardi, mais je commence toûjours ma lettre pour faire réponse aux vôtres, et pour vous parler de Madame de Coulanges, et je l'acheverai demain qui sera éfectivement Mécredi.

Il est le 14. de Madame de Coulanges. Les Médecins n'en répondent point encore, parce qu'elle a toûjours la fièvre, et que dans les réveries continuelles où elle est, ils ont raison de craindre le transport.

Le pauvre Amonio n'est plus à Chelles; il a fallu céder au Visiteur. Madame est inconsolable de cet affront, et pour s'en venger elle a défendu toutes les entrées de la maison de sorte que ma sœur de Brissac, mes niéces de Brissac, ma sœur de la M..., ma belle sœur de C..., tous les amis, tous les cousins, tous les voisins, tout est chassé. Tous les parloirs sont fermez. Tous les jours maigres sont observez. Toutes les matines sont chantées sans miséricorde. Mille petits relâchemens sont réformez; et quand on se plaint : hélas! je fais observer la Régle. Mais vous n'étiez pas si sevére? C'est que j'avois tort, je m'en repens. Enfin on peut dire qu'Amonio a mis la réforme à Chelles. Cette bagatelle vous auroit divertie; et en vérité quoique vous disiez sur cela les plus folles choses du monde, je suis persuadée de la sagesse de Madame, mais c'est par cette raison que la chose en est plus sensible. Amonio est cependant chez M. de Nevers. Il est habillé comme un Prince et bon garçon au dernier point. Il a veillé cinq ou six nuits Madame de Coulanges, mais sa barbe n'osoit se montrer devant celle de M. de Brayer. Ils m'ont très assuré que la vendange de cette année m'auroit empirée, et que je suis trop heureuse d'en avoir été détournée. Vous me direz qui vous avoit parlé de cette vendange. Tout le monde est réson comme les autres, mais il s'est ravisé, et j'en suis bien aise.

Tout le monde croit que l'ami n'a plus d'amour, et que M. de M... est embarassé contre les conséquences qui suivront le retour des faveurs, et le danger de n'en plus faire, crainte qu'on en cherche ailleurs. Outre cela le parti de l'amitié n'est point pris nettement. Tant de beauté encore, et tant d'orgüeil se réduisent difficilement à la seconde place. Les jalousies sont vives; mais ont-elles jamais rien empêché? Il est certain qu'il y a eu des regards, des façons pour la bonne femme; mais, quoique tout ce que vous dites soit parfaitement vrai, elle est une autre, et c'est beaucoup. Bien des gens croyent qu'elle est trop bien conseillée pour lever l'étendard d'une telle perfidie, avec si peu d'apparence d'en joüir long-tems. Elle est precisément en bute à la fureur de l'autre. Elle ouvriroit le chemin de l'infidelité, et ne serviroit que comme d'un passage pour aller à d'autres plus jeunes et plus ragoutantes. Voilà mes réflexions. Chacun regarde, et l'on croit que le tems découvrira quelque chose. Cependant la bonne femme a demandé le congé de son mari, et depuis son retour, elle ne paroît ni parée ni autrement qu'à l'ordinaire.

Il est Mécredi au soir, la pauvre malade est hors d'affaire à moins d'une trahison que l'on ne doit pas prévoir.

A Paris, 18. *Novembre* 1676.

Je suis ici, ma chere bonne, depuis Dimanche; j'ai voulu aller à S. Germain parler à M. Colbert de votre pension; j'y étois très bien accompagnée. M. de S. Geran, M. d'Acqueville et plusieurs autres me consoloient par avance de la grace que j'attendois. Je lui parlai donc de cette pension, je touchai un mot des occupations continuelles et du zéle pour le service du Roi, un autre mot des extrémes dépenses à quoi l'on étoit obligé, qui ne permettoient pas de rien négliger pour les soutenir; que c'étoit avec peine que M. de Grignan et moi l'importunions de cette affaire; tout cela étoit plus court et mieux rangé; mais je n'aurai nulle fatigue à vous dire la réponse. Madame, j'en aurai soin, et me ramene à sa porte, et voilà qui est fait. Je crains fort que mon voyage ne vous soit inutile, mais il est certain que personne n'est encore payé. La paix de Pologne est faite, mais romanesquement. Ce Héros à la tête de quinze mille hommes, entouré de deux cens mille, les a forcé l'épée à la main de signer le traité. Il s'étoit campé si avantageusement, que depuis *Calprenade* on n'avoit rien vû de pareil. M. de Beauvais a déja mandé qu'il avoit eu bien de la peine à conclure cette paix. Il souffle, il s'essuye le front comme le Medecin de la Comédie qui avoit eu tant de peine à faire parler cette femme qui n'étoit point muette. Dieu sçait quelle bavarderie. D'Angeau a voulu donner des présens aussi bien que l'Anglée. Il a commencé la ménagerie de Cluny; il a ramassé pour plus de deux mille écus de toutes les tourterelles les plus passionnées, de toutes les truies les plus grasses, de toutes les vaches les plus pleines, de tous les moutons les plus frisez, de tous les oisons les plus oisons, et fit hier repasser en revûë cet équipage comme celui de Jacob, que vous avez dans votre cabinet à Grignan. Ma chere bonne, je vous remercie de toute la joye que vous me donnez par l'espérance de votre prochain retour, et j'embrasse M. de Grignan de tout mon cœur.

FIN.

NOTES

Ne voulant pas multiplier les notes, nous avons simplement renvoyé le lecteur à la Lettre correspondante de la dernière édition des Lettres de Mme de Sévigné, publiée dans la collection des Grands Écrivains de France.

Lettre 1re, p. 3. — 1670. — Cette lettre est du mercredi 19 novembre 1670. Tome II, p. 13. (N° 115.)

Lettre 2e, p. 4. — Vendredi 13 mars 1671. Tome II, p. 103. (N° 144.)

Lettre 3e, p. 10. — Vendredi soir 24 avril 1671.

Ce n'est que le post-scriptum d'une longue lettre de cette même date, publiée au tome II, p. 186. (N° 160.)

Lettre 4e, p. 12. — Dimanche 26 avril 1671. Tome II, p. 187. (N° 161.)

Lettre 5e, p. 16. — Fragment d'une lettre du mercredi 13 janvier 1672. Tome II, p. 465. (N° 237.)

Les points qui se trouvent page 18 de notre réimpression sont remplacés par ces mots : *Par vos dialogues et par votre voisinage.*

Lettre 6ᵉ, p. 19. — Datée du 34 décembre (édition 1725), est du mercredi 23 décembre 1671 et se trouve au tome II, p. 437. (Nº 230.)

Lettre 7ᵉ, p. 23. — Datée du 6 janvier (édition de 1725), est du mardi 5 janvier 1672. Tome II, p. 454. (Nº 234.)

Lettre 8ᵉ, p. 27. — Vendredi soir 15 janvier 1672. Tome II, p. 468. (Nº 238.)

La note au moins singulière : « L'abbé de Grignan entretenait alors la Chammelai » est une pure niaiserie. C'était le marquis de Sévigné, fils de la marquise, qui entretenait alors la Champmeslé.

Lettre 9ᵉ, p. 29. — Vendredi 5 février 1672. Tome II, p. 489. (Nº 246.)

Lettre 10ᵉ, p. 33. — Vendredi 12 février 1672. Tome II, p. 498. (Nº 248.)

Lettre 11ᵉ, p. 37. Mai 1672. — Vendredi 6 mai 1672. Tome III, p. 57. (Nº 273.)

Lettre 12ᵉ, p. 40. — Vendredi 17 juin 1672. Tome III, p. 108. (Nº 285.)

Lettre 13, p. 42. — Datée du 29 juin dans les éditions de 1725 et 1726, est du 20 juin 1672. Tome III, p. 112. (Nº 287.)

Lettre 14ᵉ, p. 49. — Datée du 29 novembre est du vendredi 8 décembre 1673. Tome III, p. 301. (Nº 354.)

Lettre 15ᵉ, p. 53. — Datée de décembre 1673, est du vendredi 5 janvier 1674. Tome III, p. 345. (Nº 367.)

Lettre 16ᵉ, p. 59. Février 1674. — Lundi 5 février 1674. Tome III, p. 400. (Nº 378.)

Lettre 17ᵉ, p. 62. — Vendredi 9 août 1675. Tome IV, p. 30. (Nº 426.)

Lettre 18e, p. 66. — Paris, 1675, est du vendredi 22 décembre 1673. — Tome III, p. 323. (N° 360.)

Lettre 19e, p. 67. — Vendredi 16 août 1675. Tome IV, p. 51. (N° 431.)

Lettre 20e, p. 73. — Vendredi 30 août 1675. Tome IV, p. 104. (N° 438.)

Lettre 21e, p. 76. — Mercredi 4 septembre 1675. Tome IV, p. 111. (N° 443.)

Lettre 22e, p. 79. — Mercredi 16 octobre 1675. Tome IV, p. 180. (N° 457.)

Il y a dans l'édition originale un mot passé : « avec [l'ordre] d'obéir. »

Lettre 23e, p. 83. — Mercredi 29 avril 1676. Tome IV, p. 422. (N° 529.)

Les deux lettres suivantes, de Mme de Sévigné à M. de Grignan et de M. de Coulanges à Mme de Grignan, font partie de cette même lettre.

Lettre 24e, p. 89. — Datée de Paris, juin 1676, est du lundi 6 juillet 1676. Tome IV, p. 515. (N° 555.)

Lettre 25e, p. 91. — Paris, 29 juillet 1676. Tome IV p. 543. (N° 563.)

Lettre 26e, p. 99. — Vendredi 28 août 1676. Tome V, p. 41. (N° 572.)

Lettre 28e, p. 101. — Paris, mercredi 30 septembre 1676. Tome V, p. 79. (N° 583.)

Lettre 29e, p. 104. — Paris, 18 novembre 1676. Tome V, p. 143. (N° 598).

Imprimé par D. JOUAUST

POUR LA COLLECTION

DU CABINET DU BIBLIOPHILE

AOUT 1880

www.ingramcontent.com/pod-product-compliance
Lightning Source LLC
LaVergne TN
LVHW012019220826
846092LV00001B/405

9782329771724